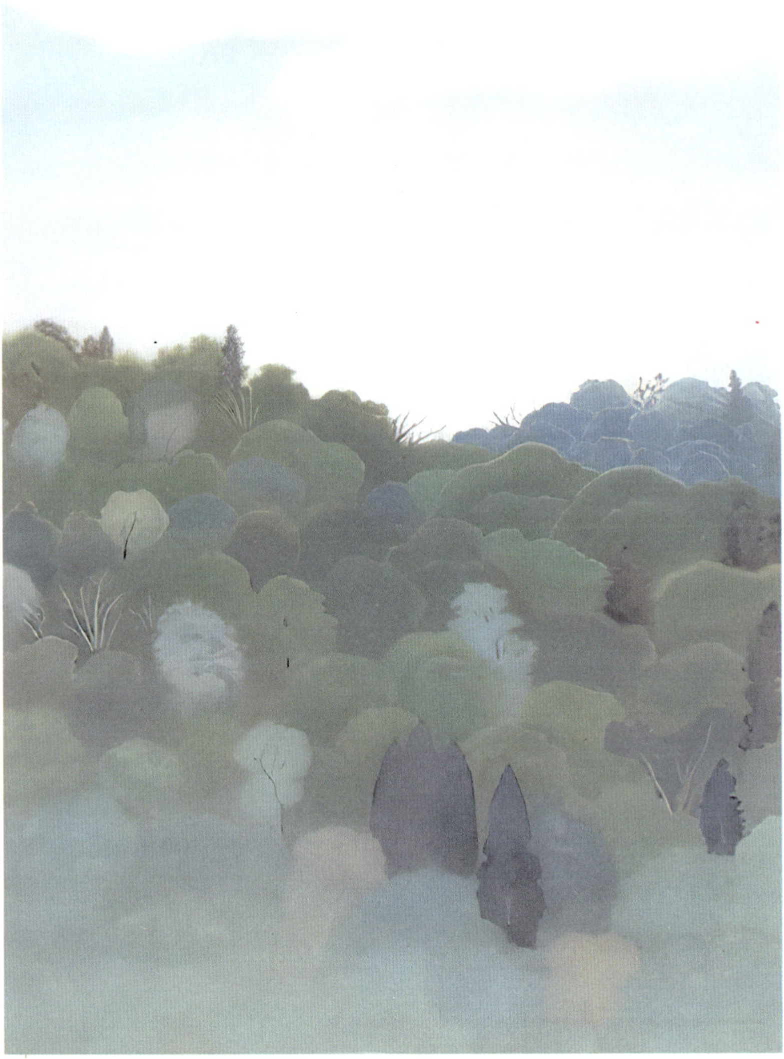

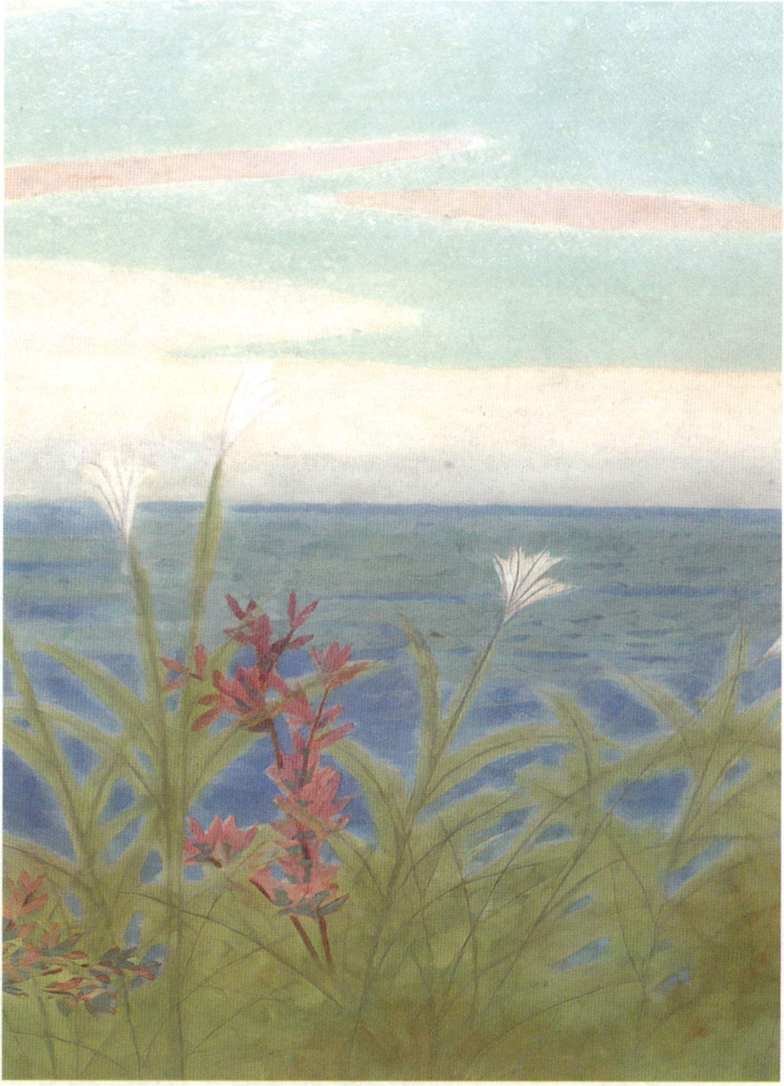

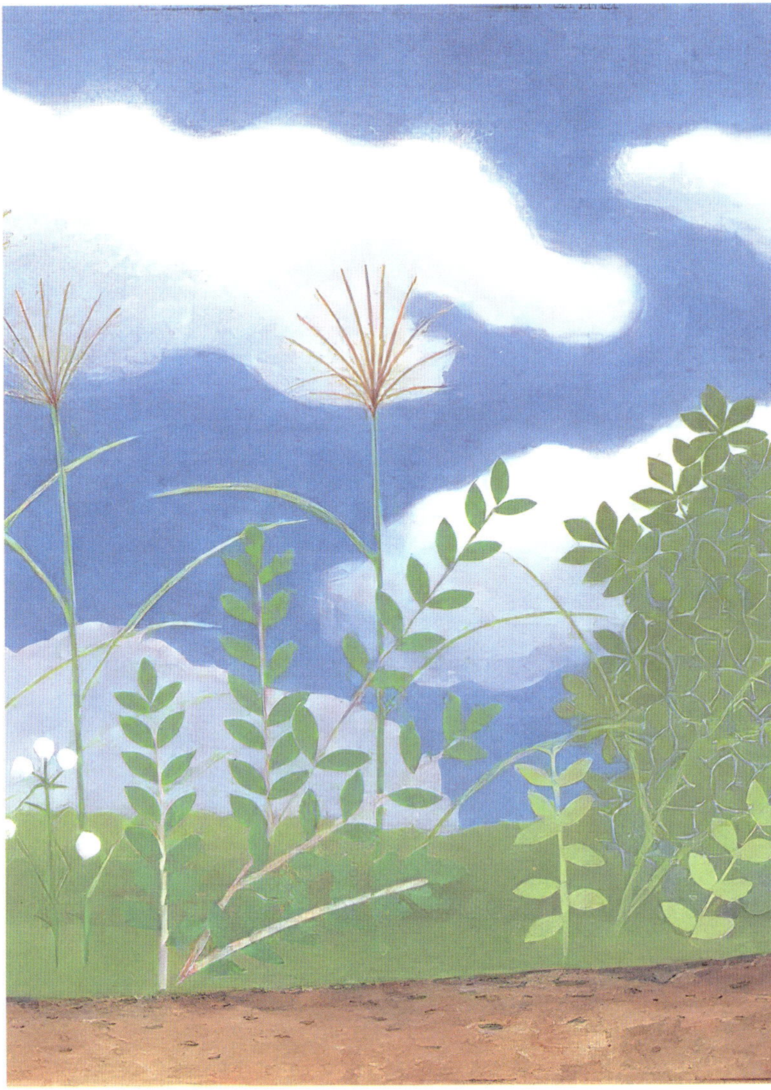

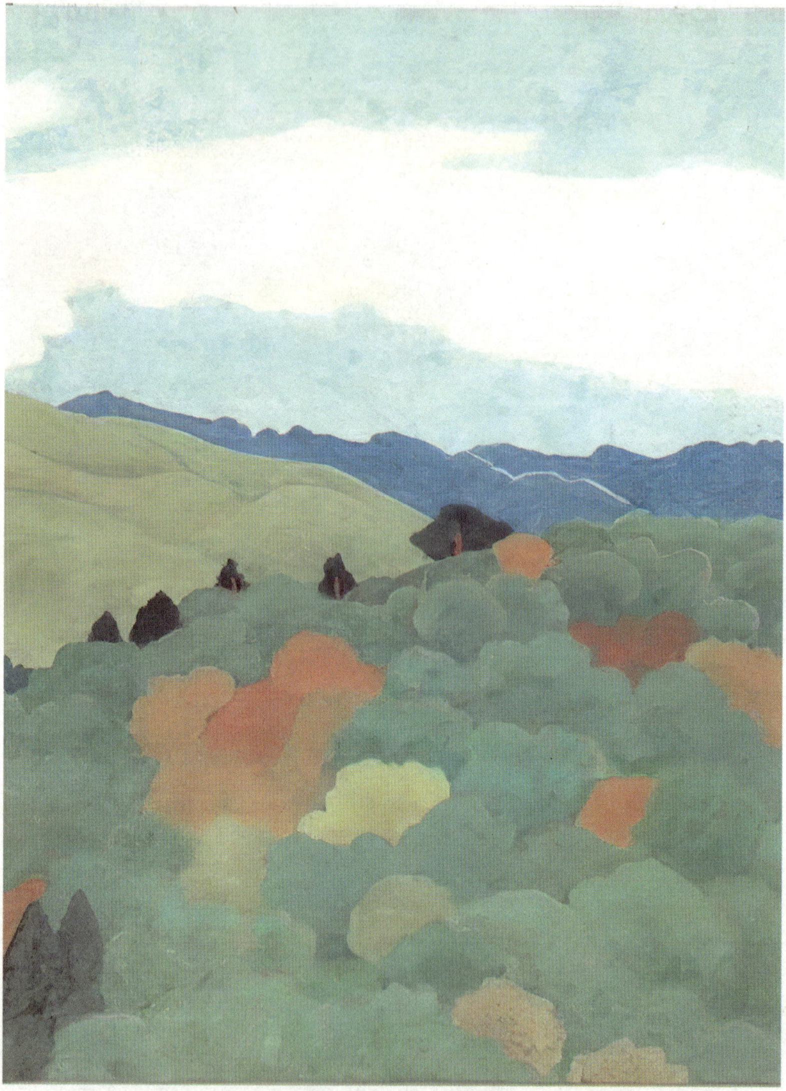

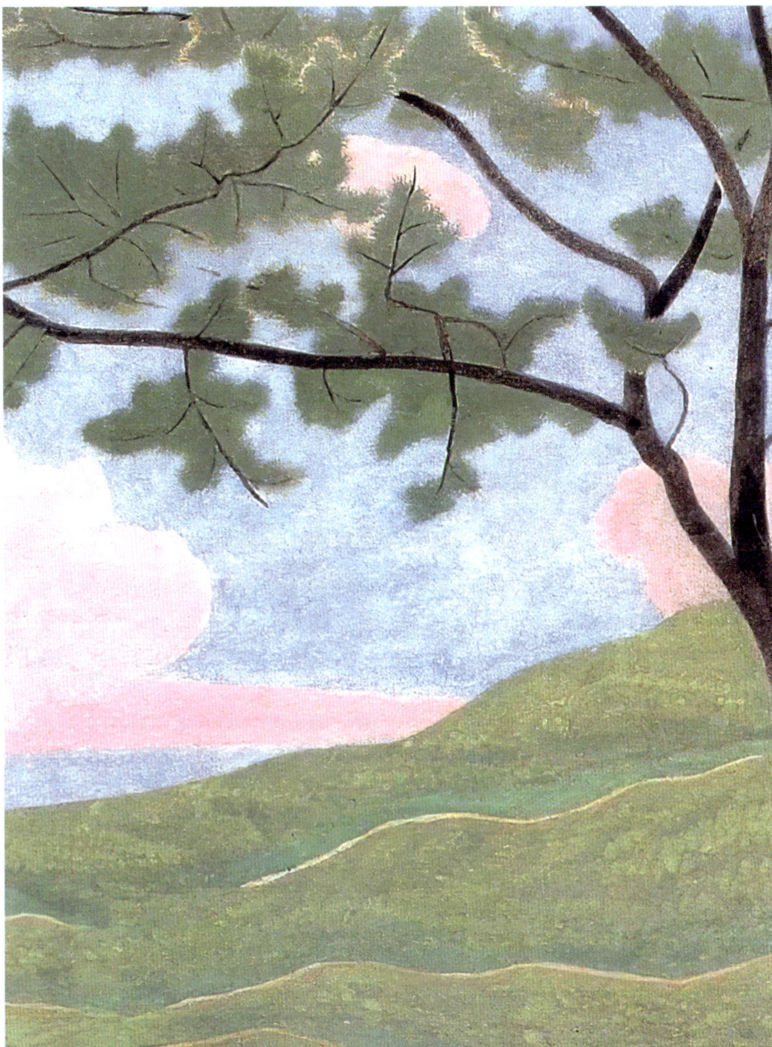

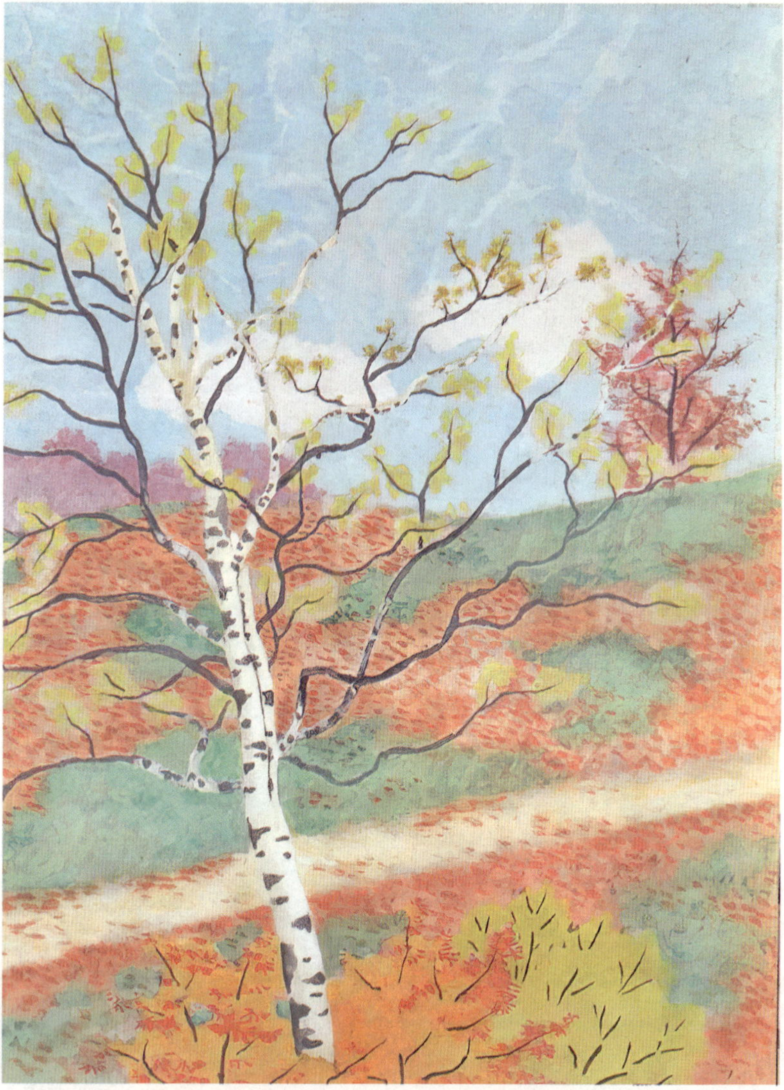

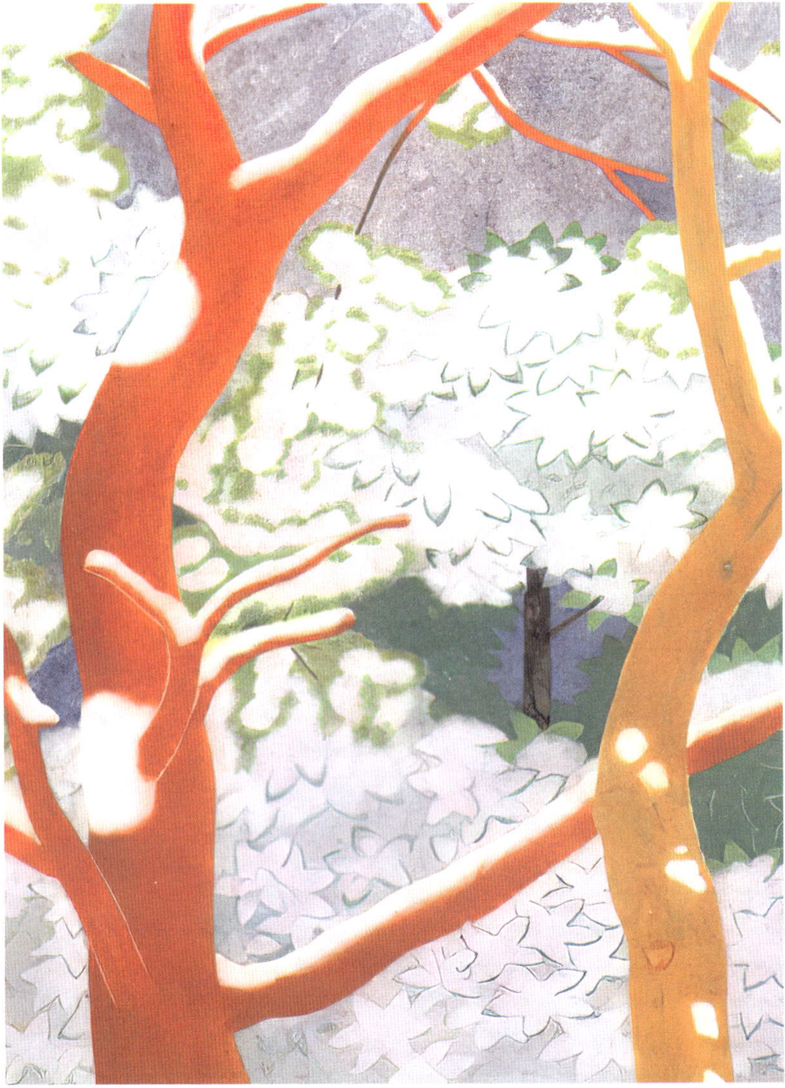

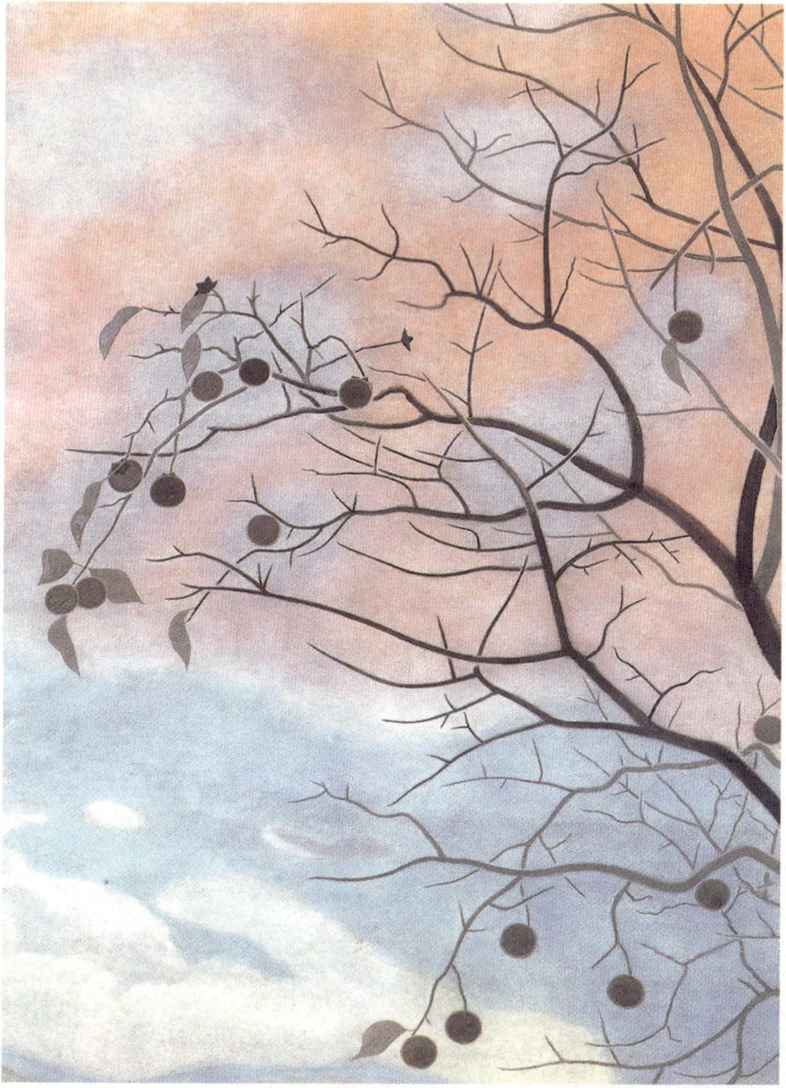

梅子熟时栀子香

史铁生 等著

光明日报出版社

图书在版编目（CIP）数据

梅子熟时栀子香/史铁生等著.--北京：光明日报出版社，2024.6.--ISBN 978-7-5194-8034-9

Ⅰ.I266

中国国家版本馆 CIP 数据核字第 2024DA1730 号

梅子熟时栀子香
MEIZI SHU SHI ZHIZI XIANG

著　　者：史铁生　等	
责任编辑：徐　蔚	责任校对：孙　展
特约编辑：宋　玉	责任印制：曹　净
封面设计：公　园	

出版发行：光明日报出版社
地　　址：北京市西城区永安路 106 号，100050
电　　话：010-63169890（咨询），010-63131930（邮购）
传　　真：010-63131930
网　　址：http://book.gmw.cn
E － mail：gmrbcbs@gmw.cn
法律顾问：北京市兰台律师事务所龚柳方律师
印　　刷：天津鑫旭阳印刷有限公司
装　　订：天津鑫旭阳印刷有限公司
本书如有破损、缺页、装订错误，请与本社联系调换，电话：010-63131930

开　　本：146mm×210mm	印　　张：7.75

字　　数：122 千字
版　　次：2024 年 6 月第 1 版
印　　次：2024 年 6 月第 1 次印刷
书　　号：ISBN 978-7-5194-8034-9
定　　价：49.80 元

版权所有　翻印必究

目录

若到江南赶上春，千万和春住

生机·丰子恺
003

春的欢悦与感伤·夏丏尊
008

白马湖·朱自清
011

看花·朱自清
015

塘栖·丰子恺
021

又是一年春草绿·梁遇春
025

快阁的紫藤花·徐蔚南
030

花·汪曾祺
034

海棠真一梦，
梅子欲尝新

卖白果·叶圣陶
045

幽默的叫卖声·夏丏尊
049

喝茶·周作人
052

毋忘草·梁遇春
056

翡冷翠山居闲话·徐志摩
060

故乡的杨梅·鲁彦
064

马缨花·季羡林
070

老海棠树·史铁生
076

时光不解年年好，叶上秋声早

"这也是生活"……鲁迅
083

《自己的园地》旧序·周作人
089

我撞上了秋天·郁达夫
093

暮·叶圣陶
096

在一个边境的站上·戴望舒
100

半日的游程·郁达夫
108

镀金的学说·萧红
114

咖啡店·庐隐
123

杲杲冬日光，
明暖真可爱

江南的冬景·郁达夫
129

雪天·萧红
134

冬天·朱自清
138

泰山日出·徐志摩
141

蛛丝和梅花·林徽因
144

寄燕北故人·庐隐
149

书房的窗子·杨振声
157

北平的零食小贩·梁实秋
162

最是动人情意处，
闲着中庭栀子花

社戏·鲁迅
175

无题（因为没有故事）·老舍
189

敬悼许地山先生·老舍
193

子恺的画·叶圣陶
203

感情的碎片·萧红
207

鲁迅先生记·萧红
209

星斗其文赤子其人·汪曾祺
212

消逝的钟声·史铁生
227

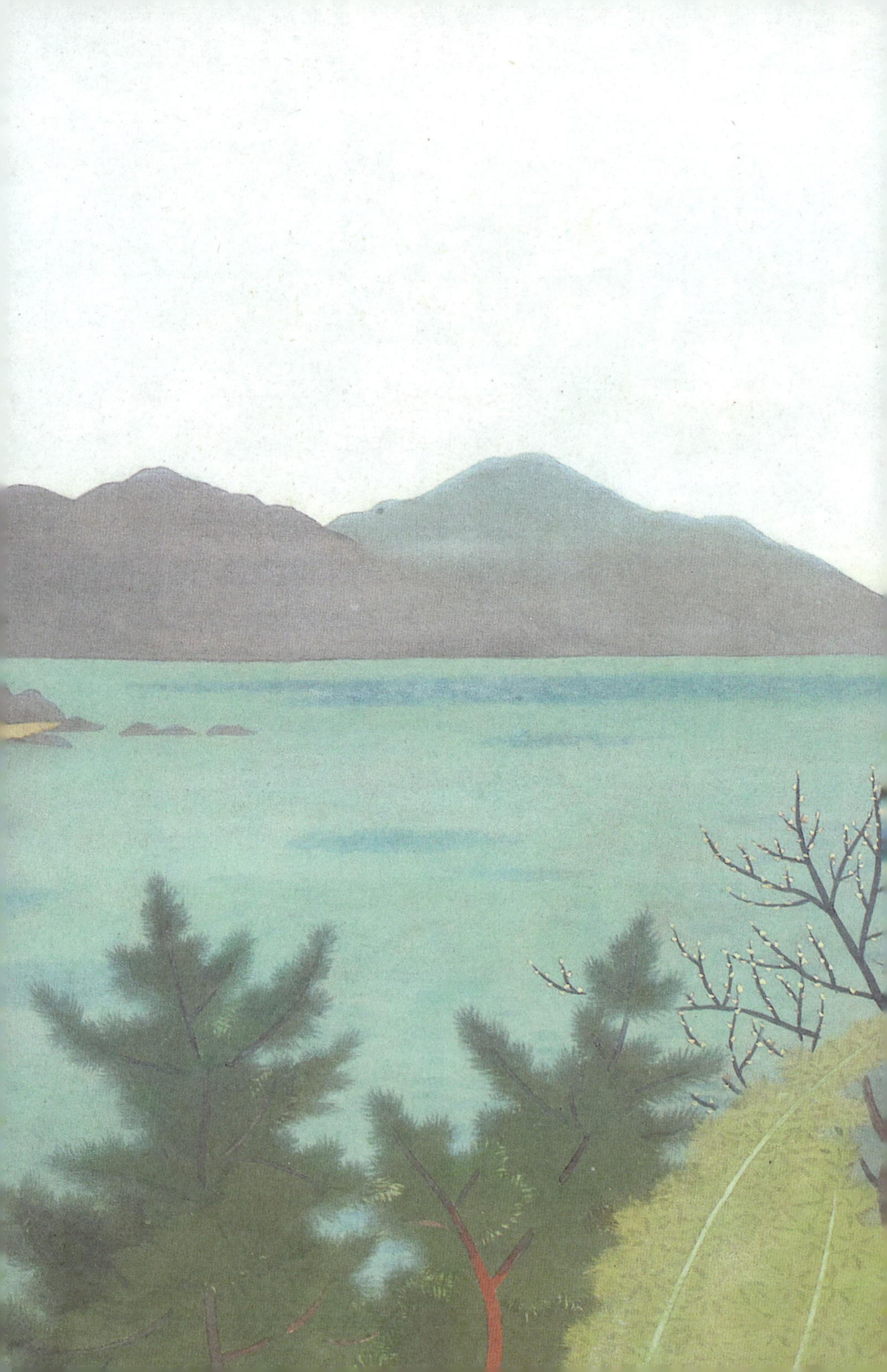

若到江南赶上春,
千万和春住

生机

丰子恺

去年除夜买的一球水仙花，养了两个多月，直到今天方才开花。

今春天气酷寒，别的花木萌芽都迟，我的水仙尤迟。因为它到我家来，遭了好几次灾难，生机被阻抑了。

第一次遭的是旱灾，其情形是这样：它于去年除夕到我家，当时因为我的别寓里没有水仙花盆，我特为跑到瓷器店去买一只纯白的瓷盘来供养它。这瓷盘很大，很重，原来不是水仙花盆。据瓷器店里的老头子说，它是光绪年间的东西，是官场中请客时用以盛某种特别肴馔的家伙。只因后来没有人用得着它，至今没有卖脱。我觉得普通所谓水仙花盆，长方形的，扇形的，在过去的中国画里都已看厌了，而且形式都不及这家伙好看。就假定这家伙是为我特制的水仙花盆，买了它来，给我的水仙花配合，形状色彩都很调和。看它们在寒窗下绿白相映，素艳可喜，谁相信这是官场中盛酒肉的东西？可是它们结合不到一个月，就要别离。为的是我要到石门湾去过阴历年，预期在缘缘堂住一个多月，希望把这水仙花带回去，看它开花才好。如何带法？颇费踌躇：叫工人阿毛拿了这盆水仙花乘火车，恐怕有人说阿毛提倡风雅；把它装进皮箱里，又不可能。于是阿毛提议："盘儿不要它，水仙花拔起来装在饼干箱里，携了上车，到家不过三四个钟头，不会旱杀的。"我通过了。水仙就与盘暂别，坐在饼干箱里旅行。回到家里，大家纷忙得很，我也忘记了水仙花。三天之后，阿毛突然说起，我猛然觉悟，找寻它的下落，原来被人当作饼干，搁在石灰甏上。连忙取出一看，绿叶憔悴，根须焦黄。阿毛说"勿碍[1]"，立刻把它供养在家里旧有的水仙花盆中，又放些白糖在水里。幸而果然勿碍，过了几天它又欣欣向荣了。是为第一次遭的旱灾。

第二次遭的是水灾，其情形是这样：家里的水仙花盆

---

[1] 方言，意思是不要紧。

中，原有许多色泽很美丽的雨花台石子。有一天早晨，被孩子们发现了，水仙花就遭殃：他们说石子里统是灰尘，埋怨阿毛不先将石子洗净，就代替他做这番工作。他们把水仙花拔起，暂时养在脸盆里，把石子倒在另一脸盆里，掇到墙角的太阳光中，给它们一一洗刷。雨花台石子浸着水，映着太阳光，光泽，色彩，花纹，都很美丽。有几颗可以使人想象起"通灵宝玉"来。看的人越聚越多，孩子们尤多，女孩子最热心。她们把石子照形状分类，照色彩分类，照花纹分类；然后品评其好坏，给每块石子打起分数来；最后又利用其形色，用许多石子拼起图案来。图案拼好，她们自去吃年糕了！年糕吃好，她们又去踢毽子了；毽子踢好，她们又去散步了。直到晚上，阿毛在墙角发见了石子的图案，叫道："咦，水仙花哪里去了？"东寻西找，发见它横卧在花台边上的脸盆中，浑身浸在水里。自晨至晚，浸了十来小时，绿叶已浸得发肿，发黑了！阿毛说"勿碍"，再叫小石子给它扶持，坐在水仙花盆中。是为第二次遭的水灾。

第三次遭的是冻灾，其情形是这样的：水仙花在缘缘堂里住了一个多月。其间春寒太甚，患难迭起。其生机被这些天灾人祸所阻抑，始终不能开花。直到我要离开缘缘堂的前一天，它还是含苞未放。我此去预定暮春回来，不见它开花又不甘心，以问阿毛。阿毛说："用绳子穿好，提了去！这回不致忘记了。"我赞成。于是水仙花倒悬在阿毛的手里旅行了。它到了我的寓中，仍旧坐在原配的盆里。雨水过了，不开花。惊蛰过了，又不开花。阿毛说："不晒太阳的原故。"就掇到阳台上，请它晒太阳。今年春寒殊甚，阳台上虽有太阳光，同时也有料峭的东风，使人立脚不住。所以人都闭居在室内，从不走到阳台上去看水仙花。房间内少了一盆水仙花也没有人查问。直到次日清晨，阿毛叫了："啊哟！昨晚水仙花没有拿进来，冻杀了！"一看，盆内的水连底冻，敲也敲不开；水仙花里面的水分也冻，其鳞茎冻得像一块白石头，其叶子冻得像许多翡翠条。赶快拿进来。放在火炉边。久之久之，盆里的水溶了，花里的水也溶了；但是叶子很软，一条一条弯下来，叶尖儿垂在水面。阿毛说"乌者[1]"，我觉得的确有些儿"乌"，但是看它的花蕊还是笔挺地立着，想来生机没有完全丧尽，还有希望。以问阿毛，阿毛摇头，随后说："索性拿到灶间里去，暖些，我也可以常

---

1 方言，意思是糟了。

常顾到。"我赞成。垂死的水仙花就被从房中移到灶间。是为第三次遭的冻灾。

谁说水仙花清？它也像普通人一样，需要烟火气的。自从移入灶间之后，叶子渐渐抬起头来，花苞渐渐展开。今天花儿开得很好了！阿毛送它回来，我见了心中大快。此大快非仅为水仙花。人间的事，只要生机不灭，即使重遭天灾人祸，暂被阻抑，终有抬头的日子。个人的事如此，家庭的事如此，国家、民族的事也如此。

春的欢悦与感伤

夏丏尊

四季之中,向推"春秋多佳日",而春尤为人所礼赞。自古就有许多颂扬春的话,春未到先要迎盼,春一去不免依恋。春继冬而至,使人从严寒转入温暖,且为万物萌动的季节。在原始时代,人类的活动与食物都从春开始获得,男女配偶也都在春完成。就自然状态说,春确是值得欢迎的。

可是自然与人事并不一定调和,自古文辞中于"惜春""迎春"等类题材以外,还有"伤春""春怨"等类的题目。"闺中少妇不知愁,春日凝妆上翠楼。忽见陌头杨柳色,悔教夫婿觅封侯。"这是唐人王昌龄的诗;"三分春色二分愁,更一分风雨。"这是宋人叶清臣的词:都是写春的感伤的。其感伤的原因,全在人事之不如意。社会愈复杂,人事上的不如意越多，结果对于季节的欢悦的事情减少，感伤的事情加多。这情形正像贫家小孩盼新年快到，而做父母的因债务关系想到过年就害怕。

我每年也曾无意识地以传统的情怀，从冬天盼望春光早些来到。可是真从春天得到春的欢悦的，有生以来，除未经世故的儿时外，可以说并没有几次。譬如说吧，此刻正是三月十三日的夜半，真是所谓春宵了，我却不曾感到春宵的欢喜。一家之中轮番地患着春季特有的流行性感冒，我在灯下执笔写字，差不多每隔一二分钟要听到妻女们的呻吟和干咳一次。邻家收音机和麻雀牌的喧扰声阵阵地刺入我的耳朵，尤使我头痛。至于日来受到的事务上经济上的烦闷，且不去说它。

都市中没有"燕子"，也没有"垂杨"。局促在都市中的人，是难得见到春日的景物的。前几天吃到油菜心和马兰头的时候，我不禁起了怀乡之念，想起故乡的春日的光景来。我所想的只是故乡的自然界，园中菜花已发黄金色了吧，燕子已回来了吧，窗前的老梅已结子如豆了吧，杜鹃已红遍了屋后的山上了吧……只想着这些，怕去想到人事。因为乡村的凋敝我是知道的，故乡人们的困苦情形我知道得更详细。

宋人张演《社日村居》诗云："鹅湖山下稻粱肥，豚栅鸡栖对掩扉。桑柘影斜春社散，家家扶得醉人归。"这首诗中所写的只是乡村春景的一角，原没有什么大了不得，可是和现在的乡间情形比较起来，已好像是羲皇以前的事了。

春到人间，据日历上所记已好久了，但是春在哪里呢？有人说"在杨柳梢头"，又有人说"在油菜花间"，也许是的吧，至于我们一般人的身上，是不大有人能找得到的。

白马湖

朱自清

今天是个下雨的日子。这使我想起了白马湖；因为我第一回到白马湖，正是微风飘萧的春日。

白马湖在甬绍铁道的驿亭站，是个极小极小的乡下地方。在北方说起这个名字，管保一百个人一百个人不知道。但那却是一个不坏的地方。这名字先就是一个不坏的名字。据说从前（宋时？）有个姓周的骑白马入湖仙去，所以有这个名字。这个故事也是一个不坏的故事。假使你乐意搜集，或也可编成一本小书，交北新书局印去。

白马湖并非圆圆的或方方的一个湖，如你所想到的，这是曲曲折折大大小小许多湖的总名。湖水清极了，如你所能想到的，一点儿不含糊像镜子。沿铁路的水，再没有比这里清的，这是公论。遇到旱年的夏季，别处湖里都长了草，这里却还是一清如故。白马湖最大的，也是最好的一个，便是我们住过的屋的门前那一个。那个湖不算小，但湖口让两面的山包抄住了。外面只见微微的碧波而已，想不到有那么大的一片。湖的尽里头，有一个三四十户人家的村落，叫做西徐岙，因为姓徐的多。这村落与外面本是不相通的，村里人要出来得撑船。后来春晖中学在湖边造了房子，这才造了两座玲珑的小木桥，筑起一道煤屑路，直通到驿亭车站。那是窄窄的一条人行路，蜿蜒曲折的，路上虽常不见人，走起来却不见寂寞——。尤其在微雨的春天，一个初到的来客，他左顾右盼，是只有觉得热闹的。

春晖中学在湖的最胜处，我们住过的屋也相去不远，是半西式。湖光山色从门里从墙头进来，到我们窗前、桌上。我们几家接连着；丏翁的家最讲究。屋里有名人字画，有古瓷，有铜佛，院子里满种着花。屋子里的陈设又常常变换，给人新鲜的受用。他有这样好的屋子，又是好客如命，我们便不时地上他家里喝老酒。丏翁夫人的烹调也极好，每回总是满满的盘碗拿出来，空空的收回去。白马湖最好的时候是黄昏。湖上的山笼着一层青色的薄雾，在水面映着参差的模糊的影子。水光微微地暗淡，像是一面古铜镜。轻风吹来，有一两缕波纹，但随即平静了。天上偶见几只归鸟，我们看着它们越飞越远，直到不见为止。这个时候便是我们喝酒的时候。我们说话很少；上了灯话才多些，但大家都已微有醉意。是该回家的时候了。若有月光也许还得徘徊一会；若是黑夜，便在暗里摸索醉着回去。

白马湖的春日自然最好。山是青得要滴下来，水是满满的、软软的。小马路的两边，一株间一株地种着小桃与杨柳。小桃上各缀着几朵重瓣的红花，像夜空的疏星。杨柳在暖风里不住地摇曳。在这路上走着，时而听见锐而长的火车的笛声是别有风味的。在春天，不论是晴是雨，是月夜是黑夜，白马湖都好。——雨中田里菜花的颜色最早鲜艳；黑夜虽什么不见，但可静静地受用春天的力量。夏夜也有好处，有月时可以在湖里划小船，四面满是青霭。船上望别的村庄，像是蜃楼海市，浮在水上，迷离惝恍的；有时听见人声或犬吠，大有世外之感。若没有月呢，便在田野里看萤火。那萤火不是一星半点的，如你们在城中所见；那是成千成百的萤火。一片儿飞出来，像金线网似的，又像耍着许多火绳似的。只有一层使我愤恨。那里水田多，蚊子太多，而且几乎全闪闪烁烁是疟蚊子。我们一家都染了疟病，至今三四年了，还有未断根的。蚊子多足以减少露坐夜谈或划船夜游的兴致，这未免是美中不足了。

　　离开白马湖是三年前的一个冬日。前一晚"别筵"上，有丏翁与云君，我不能忘记丏翁，那是一个真挚豪爽的朋友。但我也不能忘记云君，我应该这样说，那是一个可爱的——孩子。

看花

朱自清

生长在大江北岸一个城市里,那儿的园林本是著名的,但近来却很少;似乎自幼就不曾听见过"我们今天看花去"一类话,可见花事是不盛的。有些爱花的人,大都只是将花栽在盆里,一盆盆搁在架上;架子横放在院子里。院子照例是小小的,只够放下一个架子;架上至多搁二十多盆花罢了。有时院子里依墙筑起一座"花台",台上种一株开花的树;也有在院子里地上种的。但这只是普通的点缀,不算是爱花。

家里人似乎都不甚爱花;父亲只在领我们上街时,偶然和我们到"花房"里去过一两回。但我们住过一所房子,有一座小花园,是房东家的。那里有树,有花架(大约是紫藤花架之类），但我当时还小，不知道那些花木的名字；只记得爬在墙上的是蔷薇而已。园中还有一座太湖石堆成的洞门；现在想来，似乎也还好的。在那时由一个顽皮的少年仆人领了我去，却只知道跑来跑去捉蝴蝶；有时掐下几朵花，也只是随意挼弄着，随意丢弃了。至于领略花的趣味，那是以后的事：夏天的早晨，我们那地方有乡下的姑娘在各处街巷，沿门叫着，"卖栀子花来。"栀子花不是什么高品，但我喜欢那白而晕黄的颜色和那肥肥的个儿，正和那些卖花的姑娘有着相似的韵味。栀子花的香，浓而不烈，清而不淡，也是我乐意的。我这样便爱起花来了。也许有人会问，"你爱的不是花吧？"这个我自己其实也已不大弄得清楚，只好存而不论了。

在高小的一个春天，有人提议到城外F寺里吃桃子去，而且预备白吃；不让吃就闹一场，甚至打一架也不在乎。那时虽远在五四运动以前，但我们那里的中学生却常有打进戏园看白戏的事。中学生能白看戏，小学生为什么不能白吃桃子呢？我们都这样想，便由那提议人纠合了十几个同学，浩浩荡荡地向城外而去。到了F寺，气势不凡地呵叱着道人们（我们称寺里的工人为道人），立刻领我们向桃园里去。道人们踌躇着说:"现在桃树刚才开花呢。"但是谁信道人们的话?我们终于到了桃园里。大家都丧了气,原来花是真开着呢!这时提议人P君便去折花。道人们是一直步步跟着的,立刻上前劝阻,而且用起手来。但P君是我们中最不好惹的;"说时迟,那时快",一眨眼,花在他的手里,道人已跟跄在一旁了。那一园子的桃花,想来总该有些可看;我们却谁也没有想着去看。只嚷着,"没有桃子,得沏茶喝!"道人们满肚子委屈地引我们到"方丈"里,大家各喝一大杯茶。这才平了气,谈谈笑笑地进城去。大概我那时还只懂得爱一朵朵的栀子花,对于开在树上的桃花,是并不了然的;所以眼前的机会,便从眼前错过了。

以后渐渐念了些看花的诗,觉得看花颇有些意思。但到北平读了几年书,却只到过崇效寺一次;而去得又嫌早些,那有名的一株绿牡丹还未开呢。北平看花的事很盛,看花的地方也很多;但那时热闹的似乎也只有一班诗人名士,其余还是不相干的。那正是新文学运动的起头,我们这些少年,对于旧诗和那一班诗人名士,实在有些不敬;而看花的地方又都远不可言,我是一个懒人,便干脆地断了那条心了。后来到杭州做事,遇见了Y君,他是新诗人兼旧诗人,看花的兴致很好。我和他常到孤山去看梅花。孤山的梅花是古今有名的,但太少;又没有临水的,人也太多。有一回坐在放鹤亭上喝茶,来了一个方面有须,穿着花缎马褂的人,用湖南口音和人打招呼道,"梅花盛开嗒!""盛"字说得特别重,使我吃了一惊;但我吃惊的也只是说在他嘴里"盛"这个声音罢了,花的盛不盛,在我倒并没有什么的。

有一回,Y来说,灵峰寺有三百株梅花;寺在山里,去的人也少。我和Y,还有N君,从西湖边雇船到岳坟,从岳坟入山。曲曲折折走了好一会,又上了许多石级,才到山上寺里。寺甚小,梅花便在大殿西边园中。园也不大,东墙下有三间净室,最宜喝茶看花;北边有座小山,山上有亭,大约叫"望海亭"吧,望海是未必,但钱塘江与西湖是看得见的。梅树确是不少,密密地低低地整列着。那时已是黄昏,寺里只我们三个游人;梅花并没有开,但那珍珠似的繁星似的骨都儿,已经够可爱了;我们都觉得比孤山上盛开时有味。大殿上正做晚课,送来梵呗的声音,和着梅林中的暗香,真叫我们舍不得回去。在园里徘徊了一会,又在屋里坐了一会,天是黑定了,又没有月色,我们向庙里要了一个旧灯笼,照着下山。路上几乎迷了道,又两次三番地狗咬;我们的Y诗人确有些窘了,但终于到了岳坟。船夫远远迎上来道:"你们来了,我想你们不会冤我呢!"在船上,我们还不离口地说着灵峰的梅花,直到湖边电灯光照到我们的眼。

Y回北平去了,我也到了白马湖。那边是乡下,只有沿湖与杨柳相间着种了一行小桃树,春天花发时,在风里娇媚地笑着。还有山里的杜鹃花也不少。这些日日在我们眼前,从没有人像煞有介事地提议,"我们看花去。"但有一位S君,却特别爱养花;他家里几乎是终年不离花的。我们上他家去,总看他在那里不是拿着剪刀修理枝叶,便是提着壶浇水。我们常乐意看着。他院子里一株紫薇花很好,我们在花旁喝酒,不知多少次。白马湖住了不过一年,我却传染了他那爱花的嗜好。但重到北平时,住在花事很盛的清华园里,接连过了三个春,却从未想到去看一回。只在第二年秋天,曾经和孙三先生在园里看过几次菊花。"清华园之菊"是著名的,孙三先生还特地写了一篇文,画了好些画。但那种一盆一干一花的养法,花是好了,总觉没有天然的风趣。直到去年春天,有了些余闲,在花开前,先向人问了些花的名字。一个好朋友是从知道姓名起的,我想看花也正是如此。恰好Y君也常来园中,我们一天三四趟地到那些花下去徘徊。今年Y君忙些，我便一个人去。我爱繁花老干的杏，临风婀娜的小红桃，贴梗累累如珠的紫荆；但最恋恋的是西府海棠。海棠的花繁得好，也淡得好；艳极了，却没有一丝荡意。疏疏的高干子，英气隐隐逼人。可惜没有趁着月色看过；王鹏运有两句词道："只愁淡月朦胧影，难验微波上下潮。"我想月下的海棠花，大约便是这种光景吧。为了海棠，前两天在城里特地冒了大风到中山公园去，看花的人倒也不少；但不知怎的，却忘了畿辅先哲祠。Y告我那里的一株，遮住了大半个院子；别处的都向上长，这一株却是横里伸张的。花的繁没有法说；海棠本无香，昔人常以为恨，这里花太繁了，却酝酿出一种淡淡的香气，使人久闻不倦。Y告我，正是刮了一日还不息的狂风的晚上；他是前一天去的。他说他去时地上已有落花了，这一日一夜的风，准完了。他说北平看花，是要赶着看的：春光太短了，又晴的日子多；今年算是有阴的日子了，但狂风还是逃不了的。我说北平看花，比别处有意思，也正在此。这时候，我似乎不甚菲薄那一班诗人名士了。

塘栖

丰子恺

夏目漱石的小说《旅宿》(日文名《草枕》)中,有这样的一段文章:"像火车那样足以代表二十世纪的文明的东西,恐怕没有了。把几百个人装在同样的箱子里蓦然地拉走,毫不留情。被装进在箱子里的许多人,必须大家用同样的速度奔向同一车站,同样地熏沐蒸汽的恩泽。别人都说乘火车,我说是装进火车里。别人都说乘了火车走,我说被火车搬运。像火车那样蔑视个性的东西是没有的了。……"

我翻译这篇小说时,一面非笑这位夏目先生的顽固,一面体谅他的心情。在二十世纪中,这样重视个性,这样嫌恶物质文明的,恐怕没有了。有之,还有一个我,我自己也怀着和他同样的心情呢。从我乡石门湾到杭州,只要坐一小时轮船，乘一小时火车，就可到达。但我常常坐客船，走运河，在塘栖过夜，走它两三天，到横河桥上岸，再坐黄包车来到田家园的寓所。这寓所赛如我的"行宫"，有一男仆经常照管着。我那时不务正业，全靠在家写作度日，虽不富裕，倒也开销得过。

　　客船是我们水乡一带地方特有的一种船。水乡地方，河流四通八达。这环境娇养了人，三五里路也要坐船，不肯步行。客船最讲究，船内装备极好。分为船艄、船舱、船头三部分，都有板壁隔开。船艄是摇船人工作之所，烧饭也在这里。船舱是客人坐的，船头上安置什物。舱内设一榻、一小桌，两旁开玻璃窗，窗下都有坐板。那张小桌平时摆在船舱角里，三只短脚搁在坐板上，一只长脚落地。倘有四人共饮，三只短脚可接长来，四脚落地，放在船舱中央。此桌约有二尺见方，叉麻雀也可以。舱内隔壁上都嵌着书画镜框，竟像一间小小的客堂。这种船真可称之为画船。这种画船雇用一天大约一元。（那时米价每石约二元半）我家在附近各埠都有亲戚，往来常坐客船。因此船家把我们当作老主顾。但普通只雇一天，不在船中宿夜。只有我到杭州，才包它好几天。

吃过早饭,把被褥用品送进船内,从容开船。凭窗闲眺两岸景色,自得其乐。中午,船家送出酒饭来。傍晚到达塘栖,我就上岸去吃酒了。塘栖是一个镇,其特色是家家门前建着凉棚,不怕天雨。有一句话,叫做"塘栖镇上落雨,淋勿着"。"淋"与"轮"发音相似,所以凡事轮不着,就说"塘栖镇上落雨"。且说塘栖的酒店,有一特色,即酒菜种类多而分量少。几十只小盆子罗列着,有荤有素,有干有湿,有甜有咸,随顾客选择。真正吃酒的人,才能赏识这种酒家。若是壮士、莽汉,像樊哙、鲁智深之流,不宜上这种酒家。他们狼吞虎嚼起来,一盆酒菜不够一口。必须是所谓酒徒,才可请进来。酒徒吃酒,不在菜多,但求味美。呷一口花雕,嚼一片嫩笋,其味无穷。这种人深得酒中三昧,所以称之为"徒"。迷于赌博的叫做赌徒,迷于吃酒的叫做酒徒。但爱酒毕竟和爱钱不同,故酒徒不宜与赌徒同列。和尚称为僧徒,与酒徒同列可也。我发了这许多议论,无非要表示我是个酒徒,故能赏识塘栖的酒家。我吃过一斤花雕,要酒家做碗素面,便醉饱了。算还了酒钞,便走出门,到淋勿着的塘栖街上去散步。塘栖枇杷是有名的。我买些白沙枇杷,回到船里,分些给船娘,然后自吃。

在船里吃枇杷是一件快适的事。吃枇杷要剥皮,要出核,把手弄脏,把桌子弄脏。吃好之后必须收拾桌子,洗手,实在麻烦。船里吃枇杷就没有这种麻烦。靠在船窗口吃,皮和核都丢在河里,吃好之后在河里洗手。坐船逢雨天,在别处是不快的,在塘栖却别有趣味。因为岸上淋勿着,绝不妨碍你上岸。况且有一种诗趣,使你想起古人的佳句:"人人尽说江南好,游人只合江南老。春水碧于天,画船听雨眠。""闲梦江南梅熟日,夜船吹笛雨潇潇。"古人赞美江南,不是信口乱道,确是亲身体会才说出来的。江南佳丽地,塘栖水乡是代表之一。我谢绝了二十世纪的文明产物的火车,不惜工本地坐客船到杭州,实在并非顽固。知我者,其唯夏目漱石乎?

又是一年春草绿

梁遇春

一年四季,我最怕的却是春天。夏的沉闷,秋的枯燥,冬的寂寞,我都能够忍受,有时还感到片刻的欣欢。灼热的阳光,憔悴的霜林,浓密的乌云,这些东西跟满目创痍的人世是这么相称,真可算作这出永远演不完的悲剧的绝好背景。当个演员,同时又当个观客的我虽然心酸,看到这么美妙的艺术,有时也免不了陶然色喜,传出灵魂上的笑涡了。坐在炉边,听到呼呼的北风,一页一页翻阅一些畸零人的书信或日记,我的心境大概有点像人们所谓春的情调罢。可是一看到阶前草绿,窗外花红,我就感到宇宙的不调和,好像在弥留病人的榻旁听到少女的清脆的笑声,不,简直好像参加婚礼时候听到凄楚的丧钟。这到底是恶魔的调侃呢,还是垂泪的慈母拿几件新奇的玩物来哄临终的孩子呢？每当大地春回的时候，我常想起《哈姆雷特》里面那位姑娘戴着鲜花圈子，唱着歌儿，沉到水里去了。这真是莫大的悲剧呀，比《哈姆雷特》的命运还来得可伤，叫人们啼笑皆非，只好矇眬地徜徉于迷途之上，在谜的空气里度过鲜血染着鲜花的一生了。坟墓旁年年开遍了春花，宇宙永远是这样二元，两者错综起来，就构成了这个杂乱下劣的人世了。其实不单自然界是这样子安排颠倒遇颠连，人事也无非如此白莲与污泥相接。在卑鄙坏恶的人群里偏有些雪白晶清的灵魂，可是旷世的伟人又是三寸名心未死，落个白玉之玷了。天下有了伪君子，我们虽然亲眼看见美德，也不敢贸然去相信了；可是极无聊，极不堪的下流种子有时却磊落大方，一鸣惊人，情愿把自己牺牲了。席勒说，"只有错误才是活的，真理只好算做个死东西罢了。"可见连抽象的境界里都不会有个称心如意的事情了。"可哀唯有人间世"，大概就是为着这个原因罢。

我是个常带笑脸的人，虽然心绪凄其的时候居多。可是我的笑并不是百无聊赖时的苦笑，假使人生单使我们觉得无可奈何，"独闭空斋画大圈"，那么这个世界也不值得一笑了。我的笑也不是世故老人的冷笑,忙忙扰扰的哀乐虽然尝过了不少,鬼鬼祟祟的把戏虽然也窥破了一二,我却总不拿这类下流的伎俩放在眼里,以为不值得尊称为世故的对象,所以不管我多么焦头烂额,立在这片瓦砾场中,我向来不屑对于这些加之以冷笑。我的笑也不是哀莫大于心死以后的狞笑,我现在最感到苦痛的就是我的心太活跃了,不知怎的,无论到哪儿去,总有些触目伤心,凄然泪下的意思,大有失恋与伤逝冶于一炉的光景,怎么还会狞笑呢。我的辛酸心境并不是年青人常有的那种略带诗意的感伤情调,那是生命之杯盛满后溅出来的泡花,那是无上的快乐呀,释迦牟尼佛所以会那么陶然,也就是为着他具了那个清风朗月的慈悲境界吧。走入人生迷园而不能自拔的我怎么会有这种的闲情逸致呢!我的辛酸心境也不是像丁尼生所说的"天下最沉痛的事情莫过于回忆起欣欢的日子"。这位诗人自己却又说道:"曾经亲爱过,后来永诀了,总比绝没有亲爱过好多了。"我是没有过这么一度的鸟语花香,我的生涯好比没有绿洲的空旷沙漠,好比没有棕榈的热带国土,简直是挂着蛛网,未曾听过管弦声的一所空屋。我的辛酸心境更不是像近代仕女们脸上故意贴上的"黑点",朋友们看到我微笑着道出许多伤心话，总是不能见谅，以为这些娓娓酸语无非拿来点缀风光，更增生活的妩媚罢了。"知己从来不易知"，其实我们也用不着这样苛求，谁敢说真知道了自己呢，否则希腊人也不必在神庙里刻上"知道你自己"那句话了。可是我就没有走过芳花缤纷的蔷薇的路，我只看见枯树同落叶；狂欢的宴席上排了一个白森森的人头固然可以叫古代的波斯人感到人生的悠忽而更见沉醉，骷髅搂着如花的少女跳舞固然可以使荒山上月光里的撒旦摇着头上的两角哈哈大笑，但是八百里的荆棘岭总不能算做愉快的旅程罢；梅花落后，雪月空明，当然是个好境界，可是牛山濯濯的峭壁上一年到底只有一阵一阵的狂风瞎吹着，那就会叫人思之欲泣了。这些话虽然言之过甚，缩小来看，也可以映出我这个无可为欢处的心境了。

在这个无时无地都有哭声回响着的世界里年年偏有这么一个春天；在这个满天澄蓝，泼地草绿的季节毒蛇却也换了一套春装睡眼朦胧地来跟人们作伴了，禁闭于层冰底下的秽气也随着春水的绿波传到情侣的身旁了。这些矛盾恐怕就是数千年来贤哲所追求的宇宙本质罢！蕞尔的我大概也分了一份上帝这笔礼物罢。笑涡里贮着泪珠儿的我活在这个乌云里夹着闪电,早上彩霞暮雨凄凄的宇宙里,天人合一,也可以说是无憾了,何必再去寻找那个无根的解释呢。"满眼春风百事非",这般就是这般。

快阁的紫藤花

徐蔚南

细雨蒙蒙，百无聊赖之时，偶然从《花间集》里翻出了一朵小小的枯槁的紫藤花，花色早褪了，花香早散了。啊，紫藤花！你真令人怜爱呢。岂仅怜爱你，我还怀念着你的姊妹们——一架白色的紫藤，一架青莲色的紫藤——在那个园中静悄悄地消受了一宵冷雨，不知今朝还能安然无恙否？

啊，紫藤花！你常住在这诗集里吧；你是我前周畅游快阁的一个纪念。

快阁是陆放翁饮酒赋诗的故居，离城西南三里，正是鉴湖绝胜之处。去岁初秋，我曾经去过了，寒中又重游一次，前周复去是第三次了。但前两次都没有给我多大印象，这次去后，情景不同了，快阁的景物时时在眼前显现——尤其使人难忘的,便是那园中的两架紫藤。

快阁临湖而建,推窗外望:远处是一带青山,近处是隔湖的田亩。田亩间分成红绿黄三色:红的是紫云英,绿的是豌豆叶,黄的是油菜花。一片一片互相间着,美丽得远胜人间锦绣。东向,丛林中,隐约间露出一个塔尖,尤有诗意,桨声渔歌又不时从湖面飞来,这样的景色,晴天固然好,雨天也必神妙,诗人居此,安得不颓放呢?放翁自己说:

"桥如虹,水如空,一叶飘然烟雨中,天教称放翁。"

是的,确然天叫他称放翁的。

阁旁有花园二,一在前,一在后。前面的一个,又以墙壁分成为二,前半叠假山,后半凿小池。池中植荷花;如在夏日,红莲、白莲盖满一池,自当另有一番风味。池前有春花秋月楼,楼下有匾额曰"飞跃处",此是指池鱼言。其实,池中只有很小很小的小鱼,要它跃也跃不起来,如何会飞跃呢?

园中的映山红和踯躅都很鲜妍,但远不及山中野生的自然。

自池旁折向北,便是那后花园了。

我们一踏进后花园,便有一架紫藤呈现在我们眼前。这架紫藤正在开花最盛的时候，一球一球重叠盖在架上的，俯垂在架旁的，尽是花朵。花蕊是黄的，花瓣是洁白的，而且看上去似乎很肥厚的。更有无数的野蜂在花朵上下左右"嗡嗡"地叫着——乱哄哄地飞着。它们是在采蜜吗？它们是在舞蹈吗？它们是在和花朵游戏吗？……

我在架下仰望这一堆花，一群蜂，我便想象这无数的白花朵是一群天真无垢的女孩子，伊们赤裸裸地一块儿拥着，抱着，偎着，卧着，吻着，戏着；那无数的野蜂便是一大群的男孩，他们正在唱歌给伊们听，正在奏乐给伊们听。渠们是结恋了。渠们是在痛快地享乐那阳春。渠们是在创造只有青春，只有恋爱的乐土。

这种想象绝不是仅我一人所有，无论谁看了这无数的花和蜂，都将生出一种神秘的想象来。同我一块儿去的方君，看见了也拍手叫起来，他向那低垂的一球花朵热烈地亲了个嘴，说道："鲜美呀！呀，鲜美！"他又说："我很想把花朵摘下两枝来挂在耳上呢。"

离开这架白紫藤十几步，有一围短短的冬青。绕过冬青，穿过一畦豌豆，又是一架紫藤。不过，这一架是青莲色的，和那白色的相比，各有美处。但是就我个人说，却更爱这青莲色的,因为淡薄的青莲色呈在我眼前,便能使我感到一种平和,一种柔婉,并且使我有如饮了美酒,有如进了梦境。

很奇异,在这架花上,野蜂竟一只也没有。落下来的花瓣在地上已有薄薄的一层。原来这架花朵的青春已逝了,无怪野蜂散尽了。

我们在架下的石凳上坐了下来,观看那正在一朵一朵飘下的花儿。花也知道求人爱怜似的,轻轻地落了一朵在我膝上,我俯下看时,颈项里感得飕飕地一冷,原来又是一朵。它接连着落下来,落在我们的眉上,落在我们的脚上,落在我们的肩上。我们在这又轻又软又香的花雨里,几乎睡去了。

猝然"骨碌碌"一声怪响,我们如梦初醒,四目相向,颇形惊诧。即刻又是"骨碌碌"地响了。

方君说:"这是啄木鸟。"

临去时,我总舍不得这架青莲色的紫藤,便在地上拾了一朵,夹在《花间集》里。夜深人静的时候,我每取出这朵花来默视一会儿。

花

汪曾祺

荷花

我们家每年要种两缸荷花,种荷花的藕不是吃的藕,要瘦得多,节间也长,颜色黄褐,叫做"藕秧子"。在缸底铺一层马粪,厚约半尺,把藕秧子盘在马粪上,倒进多半缸河泥,晒几天,到河泥坼裂,有缝,倒两担水,将平缸沿。过个把星期,就有小荷叶嘴冒出来。过几天荷叶长大了,冒出花骨朵了。荷花开了,露出嫩黄的小莲蓬,很多很多花蕊。清香清香的。荷花好像说:"我开了。"

荷花到晚上要收朵。轻轻地合成一个大骨朵。第二天一早,又放开,荷花收了朵,就该吃晚饭了。

下雨了。雨打在荷叶上啪啪地响。雨停了,荷叶面上的雨水水银似的摇晃。一阵大风，荷叶倾侧，雨水流泻下来。

荷叶的叶面为什么不沾水呢？

荷叶粥和荷叶粉蒸肉都很好吃。

荷叶枯了。

下大雪，荷花缸里落满了雪。

报春花·勿忘我

昆明报春花到处都有。圆圆的小叶子，柔软的细梗子，淡淡的紫红色的成簇的小花。田埂的两侧开得满满的，谁也不把它当做"花"。连根挖起来，种在浅盆里，能活。这就是翻译小说里常常提到的樱草。

偶然在北京的花店里看到十多盆报春花，种在青花盆里，标价相当贵，不禁失笑。昆明人如果看到，会说：这也卖？

Forget-me-not——勿忘我，名字很有诗意，花实在并不好看。草本，矮棵，几乎是贴地而生的。抽条颇多，一丛一丛的。灰绿色的布做的似的皱皱的叶子。花甚小，附茎而开，颜色正蓝。蓝得很正，就像国画颜色中的"三蓝"，花里头像这样纯正的蓝色的还很少见——一般蓝色的花都带点紫。

为什么西方人把这种花叫做 forget-me-not 呢？是不是思念是蓝色的。

昆明人不管它什么勿忘我，什么 forget-me-not，叫它"狗屎花"！

这叫西方的诗人知道，将谓大煞风景。

绣球

绣球，周天民编绘的《花卉画谱》上说：

> 绣球 虎耳草科，落叶灌木，高达一、二丈，干皮带皱。叶大椭圆形，边缘有锯齿。春月开花，百朵成簇，如球状而肥大。小花五出深裂，瓣端圆，有短柄，其色有淡紫、红、白。百株成簇，俨如玉屏。

我始终没有分清绣球花的小花到底是几瓣，只觉得是分不清瓣的一个大花球。我偶尔画绣球，也是以意为之地画了很多簇在一起的花瓣，哪一瓣属于哪一朵小花，不管它！

绣球花是很好养的，不需要施肥，也不要浇水，不用修枝，也不长虫，到时候就开出一球一球很大的花，白得像雪，非常灿烂。这花是不耐细看的，只是赫然地在你眼前轻轻摇晃。

我以前看过的绣球都是白的。

我有个堂房的小姑妈——她比我才大一岁。绣球花开的时候，她就折了几大球，插在一个白瓷瓶里，她在花下面写小字。

她是订过婚的。

听说她婚后的生活很不幸，我那位姑父竟至动手打她。

前年听说，她还在，胖得不得了。

绣球花云南叫做"粉团花"。民歌里有用粉团花来形容女郎长得好看的。用粉团花来形容女孩子，别处的民歌里似还没有见过。

我看过的最好的绣球是在泰山。泰山人养绣球是一种风气。一个茶馆里的院子里的石凳上放着十来盆绣球，开得极好。盆面一层厚厚的喝剩的茶叶。是不是绣球宜浇残茶？泰山盆栽的绣球花头较小，花瓣较厚，瓣作豆绿色。这样的绣球是可以细看的。

杜鹃花

淡淡的三月天，

杜鹃花开在山坡上，

杜鹃花开在小溪旁，

多美丽哦，

乡村家的小姑娘，

乡村家的小姑娘。

这是抗日战争期间昆明的小学生很爱唱的一首歌。董林肯词，徐守廉曲。这是一首曲调明快的抒情歌，很好听。不单小学生爱唱，中学生也爱唱，大学生也有爱唱的，因为一听就记住了。

董林肯和徐守廉是同济大学的学生，原来都是育才中学毕业的。育才中学是全面培养学生才能的，而且是实行天才教育的学校。学生多半有艺术修养。董林肯、徐守廉都是学工的（同济大学是工科大学），但都对艺术有很虔诚的兴趣，因此能写词谱曲。

我是怎么认识他们俩的呢？因为董林肯主办了班台莱耶夫的《表》的演出，约我去给演员化妆，我到同济大学的宿舍里去见他们，认识了。那时在昆明，只要有艺术上的共同爱好，有人一介绍，就会熟起来的。

董林肯为什么要主持《锞》的演出？我想是由于在昆明当时没有给孩子看的戏。他组织这次演出是很辛苦的，而且演戏总有些叫人头疼的事，但是还是坚持了下来。他不图什么，只是因为有一颗班台莱耶夫一样的爱孩子的心。

我记得这个戏的导演是劳元干。演员里我记得演监狱看守的，是刺杀孙传芳的施剑翘的弟弟，他叫施什么我已经忘记了。他是个身材魁梧的胖子。我管化妆，主要是给他贴一个大仁丹胡子。有当时有中国秀兰·邓波儿之称的小明星，长大后曾参与搜集整理《阿诗玛》，现在写小说、散文的女作家刘绮。有一次，不知为什么，剧团内部闹了意见，戏几乎开不了场，刘绮在后台大哭。刘绮一哭，事情就解决了。

刘绮，有这回事么？

前几年我重到昆明，见到刘绮。她还能看出一点小时候的模样。不过，听说已经当了奶奶了。

不知道为什么，我有时还会想起董林肯和徐守廉。我觉得这是两个对艺术的态度极其纯真，像我前面所说的，虔诚的人。他们身上没有一点明星气、流氓气。这是两个通身都是书卷气的搞艺术的人。

　　淡淡的三月天,

　　杜鹃花开在山坡上,

　　杜鹃花开在小溪旁……

木香花

　　我的舅舅家有一架木香花。木香花开,我们就揪下几撮,——木香柄长,似海棠,梗蒂着枝,一揪,可揪下一撮,养在浅口瓶里,可经数日。

　　木香亦称"锦栅儿",枝条甚长。从运河的御码头上船,到快近车逻,有一段,两岸全是木香,枝条伸向河上,搭成了一个长约一里的花棚。小轮船从花棚下开过,如同仙境。

　　前几年我回故乡一次,说起这一段运河两岸的木香花棚,谁也不知道。我有点怀疑:我是不是做梦?

　　昆明木香花极多。观音寺南面,有一道水渠,渠的两沿,密密的长了木香。

　　我和朱德熙曾于大雨少歇之际,到莲花池闲步。雨又下起来了,我们赶快到一个小酒馆避雨。要了两杯市酒(昆明的绿陶高杯,可容三两),一碟猪头肉,坐了很久。连日下雨,墙脚积苔甚厚。檐下的几只鸡都缩着一脚站着,天井里有很大的一棚木香花,把整个天井都盖满了。木香的花、叶、花骨朵,都被雨水湿透,都极肥壮。

四十年后,我写了一首诗,用一张毛边纸写成一个斗方,寄给德熙:

莲花池外少行人,
野店苔痕一寸深。
浊酒一杯天过午,
木香花湿雨沉沉。

德熙很喜欢这幅字,叫他的儿子托了托,配一个框子,挂在他的书房里。

德熙在美国病逝快半年了,这幅字还挂在他在北京的书房里。

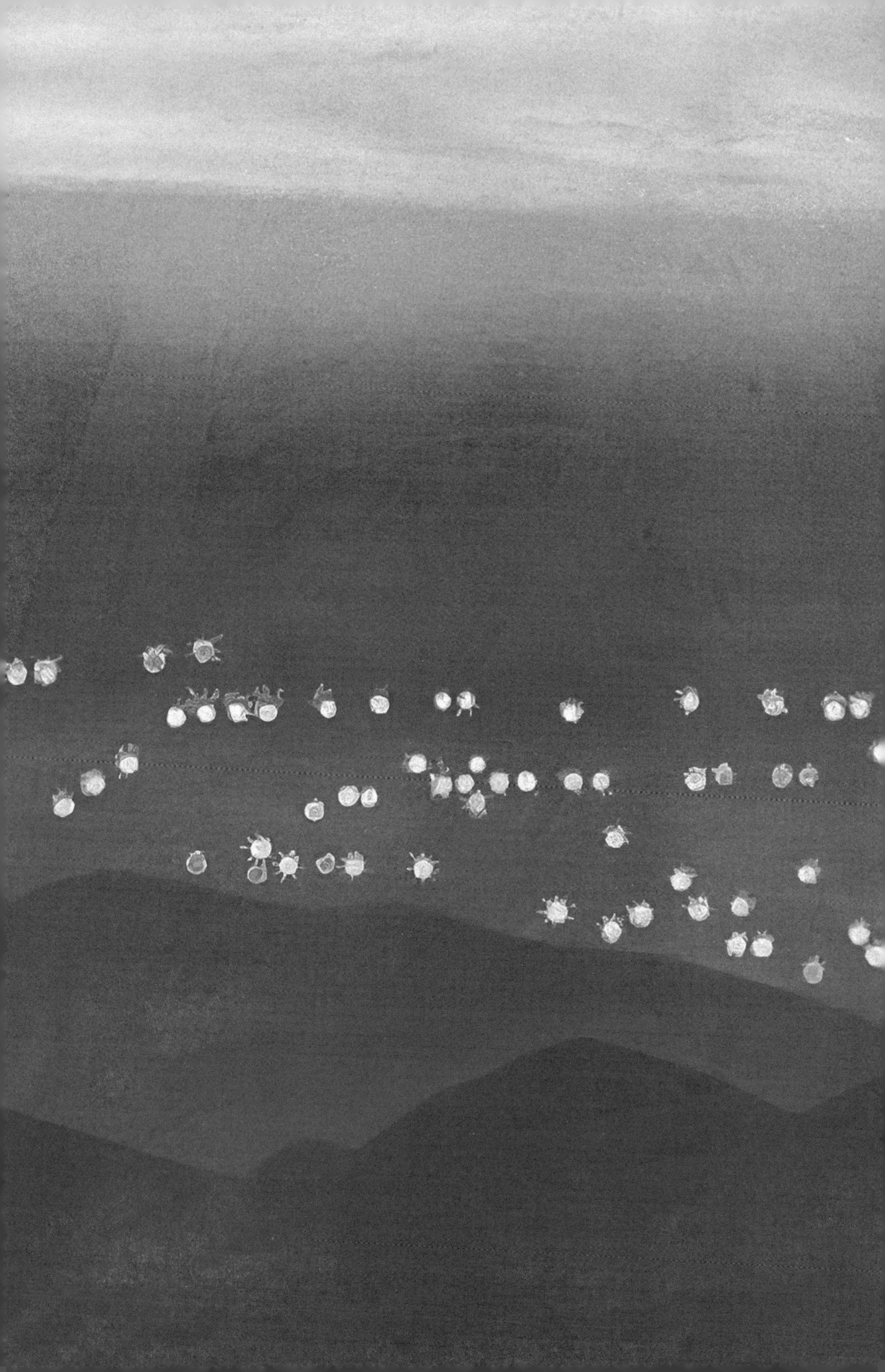

海棠真一梦,
梅子欲尝新

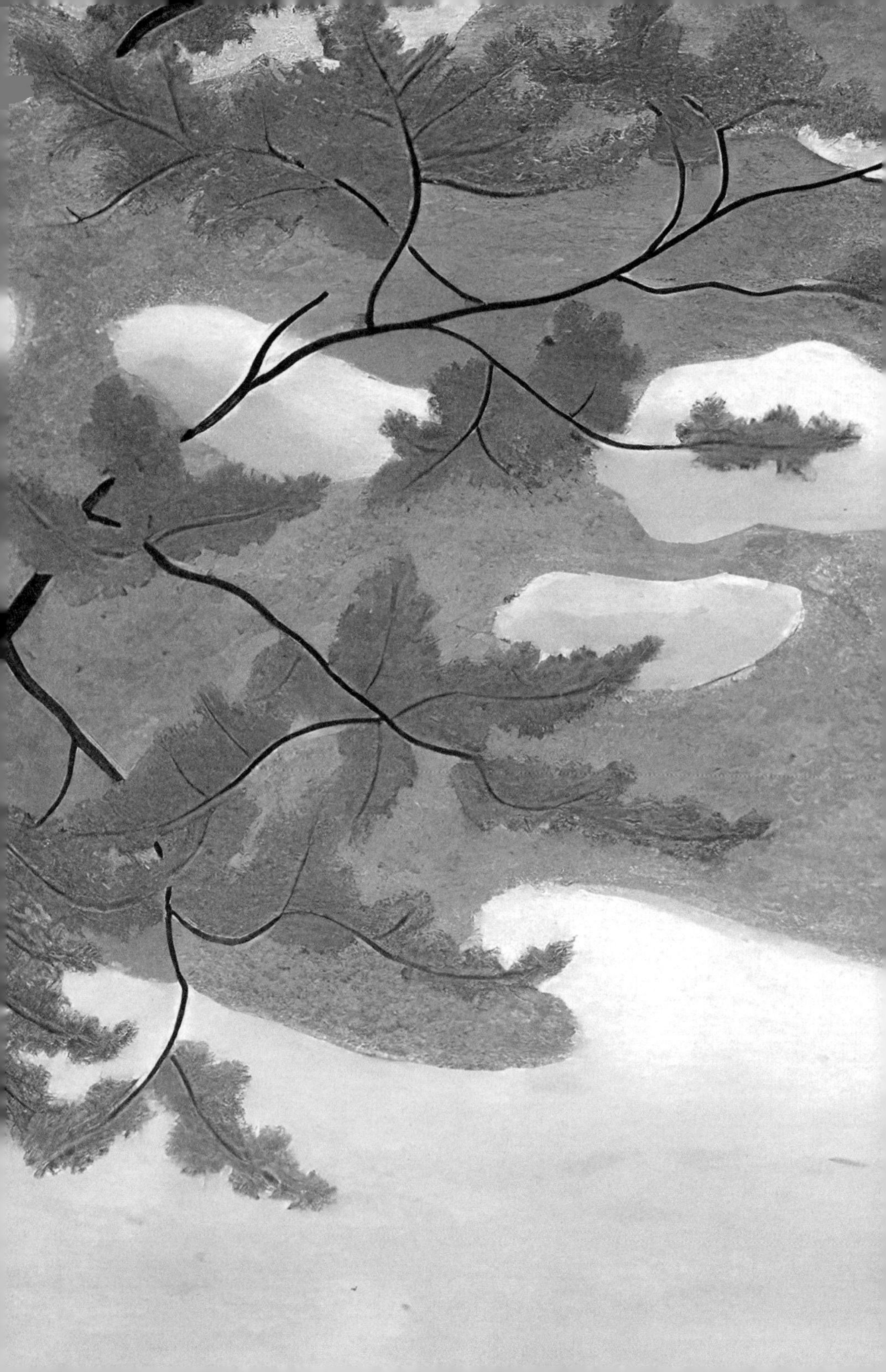

卖白果

叶圣陶

总弄里边不知不觉笼上昏黄的暮色，一列电灯亮起来了。三三两两的男子和妇女站在各弄的口头，似乎很正经的样子，不知在谈些什么。几个孩子，穿鞋没拔上跟，他们互相追赶，鞋底擦着水门汀地，作"替替"的音响。

这时候，一个挑担的慢慢地走进弄来，他向左右观看，顿一顿再向前走两三步。他探认主顾的习惯就是如此。主顾确是必须探认的，不然，挑着担子出来难道是闲耍吗？走到第四弄的口头，他把担子歇下来了。我们试看看他的担子。后头有一个木桶，盖着盖子，看不见盛的是什么东西。前头却很有趣，装着个小小的炉子，同我们烹茶用的差不多，上面承着一只小镬子；瓣状的火焰从镬子旁边舔出来，烧得不很旺。在这暮色已浓的弄口，便构成个异样的情景。

他开了镬子的盖子，用一爿蚌壳在镬子里拨动，同时不很协调地唱起来了："新鲜热白果，要买就来数。"发音很高，又含有急促的意味。这一唱影响可不小，左弄右弄里的小孩子陆续奔出来了，他们已经神往于镬子里的小颗粒，大人在后面喊着慢点儿跑的声音，对于他们只是微茫的喃喃了。

据平昔的经验，听到叫卖白果的声音时，新凉已经接替了酷暑；扇子虽不至于就此遭到捐弃，总不是十二分时髦的了；因此，这叫卖声里似乎带着一阵凉意。今年入秋转热，回家来什么也不做，还是气闷，还是出汗。正在默默相对，仿佛要叹息着说莫可奈何之际，忽然送来这么带着凉意的一声两声，引起我片刻的幻想的快感，我真要感谢了。

这声音又使我回想到故乡的卖白果的。做这营生的当然不只是一个，但叫卖的声调却大致相似，悠扬而轻清，恰配作新凉的象征；比较这里上海的卖白果的叫卖声有味得多了。他们的唱句差不多成为儿歌，我小时候曾经受教于大人，也摹仿着他们的声调唱：

> 烫手热白果,
>
> 香又香来糯又糯;
>
> 一个铜钱买三颗,
>
> 三个铜钱买十颗。
>
> 要买就来数,
>
> 不买就挑过。

这真是粗俗的通常话,可是在静寂的夜间的深巷中,这样不徐不疾,不刚劲也不太柔软地唱出来,简直可以使人息心静虑,沉入享受美感的境界。本来,除开文艺,单从声音方面讲,凡是工人所唱的一切的歌,小贩呼唤的一切叫卖声,以及戏台上红面孔白面孔青衫长胡子所唱的戏曲,中间都颇有足以移情的。我们不必辨认他们唱的是些什么话,含着什么意思,单就那调声的抑扬徐疾送渡转折等等去吟味;也不必如考据家内行家那样用心,推究某种俚歌源于什么,某种腔调是从前某老板的新声,特别可贵;只取足以悦我们的耳的,就多听它一会;这样,也就可以获得不少赏美的乐趣。如果歌唱的也就是极好的文艺,那当然更好,原是不待说明的。

这里上海的卖白果的叫卖声所以不及我故乡的,声调不怎么好自然是主因,而里中欠静寂,没有给它衬托,也有关系。弄里的零零碎碎的杂声,弄外马路上的汽车声,工厂里的机器声,搅和在一起,就无所谓静寂了。即使是神妙的音乐家,在这境界中演奏他生平的绝艺,也要打个很大的折扣,何况是不足道的卖白果的叫卖声呢。

但是它能引起我片刻的幻想的快感,总是可以感谢而且值得称道的。

幽默的叫卖声

夏丏尊

住在都市里,从早到晚,从晚到早,不知要听到多少种类多少次数的叫卖声。深巷的卖花声是曾经入过诗的,当然富于诗趣,可惜我们现在实际上已不大听到。寒夜的"茶叶蛋""细沙粽子""莲心粥"等等,声音发沙,十之七八似乎是"老枪"的喉咙,困在床上听去,颇有些凄清。每种叫卖声,差不多都有着特殊的情调。

我在这许多叫卖者中,发见了两种幽默家。

一种是卖臭豆腐干的。每日下午五六点钟,弄堂口常有臭豆腐干担歇着或是走着叫卖,担子的一头是油锅,油锅里现炸着臭豆腐干,气味臭得难闻。卖的人大叫"臭豆腐干!""臭豆腐干!"态度自若。

我以为这很有意思。"说真方，卖假药""挂羊头，卖狗肉"，是世间一般的毛病，以香相号召的东西，实际往往是臭的。卖臭豆腐干的居然不欺骗大众，自叫"臭豆腐干"，把"臭"作为口号标语，实际的货色真是臭的。如此言行一致，名副其实，不欺骗别人的事情，恐怕世间再也找不出了吧！我想。

"臭豆腐干！"这呼声在欺诈横行的现世，俨然是一种愤世嫉俗的激越的讽刺！

还有一种是五云日升楼卖报者的叫卖声。那里的卖报的和别处不同，没有十多岁的孩子，都是些三四十岁的老枪瘪三，身子瘦得像腊鸭，深深的乱头发，青屑屑的烟脸，看去活像个鬼。早晨是不看见他们的，他们卖的总是夜报，傍晚坐电车打那儿经过，就会听到一片发沙的卖报声。

他们所卖的似乎都是两个铜板的东西，如《新夜报》《时报号外》之类。叫卖的方法很特别，他们不叫"刚刚出版××报"，却把价目和重要新闻标题联在一起，叫起来的时候，老是用"两个铜板"打头，下面接着"要看到"三个字，再下去是当日的重要的国家大事的题目，再下去是一个"哪"字。"两个铜板要看到十九路军反抗中央哪！"在福建事变起来的时候,他们就这样叫。"两个铜板要看到日本副领事在南京失踪哪!"藏本事件开始的时候,他们就这样叫。

在他们的叫声里任何国家大事都只要花两个铜板就可以看到,似乎任何国家大事都只值两个铜板的样子。我每次听到,总深深地感到冷酷的滑稽情味。

"臭豆腐干!""两个铜板要看到××××哪!"这两种叫卖者颇有幽默家的风格。前者似乎富于热情,像个矫世的君子,后者似乎鄙夷一切,像个玩世的隐士。

喝茶

周作人

前回徐志摩先生在平民中学讲"吃茶"——并不是胡适之先生所说的"吃讲茶"——我没有工夫去听,又可惜没有见到他精心结构的讲稿,但我推想他是在讲日本的"茶道"(英文译作 Teaism),而且一定说得很好。茶道的意思,用平凡的话来说,可以称作"忙里偷闲,苦中作乐",在不完全的现世享乐一点美与和谐,在刹那间体会永久,是日本之"象征的文化"里的一种代表艺术。关于这一件事,徐先生一定已有透彻巧妙的解说,不必再来多嘴,我现在所想说的,只是我个人的很平常的喝茶观罢了。

喝茶以绿茶为正宗。红茶已经没有什么意味,何况又加糖——与牛奶?葛辛(George Gissing)的《草堂随笔》(原名

Private Papers of Henry Ryecroft）确是很有趣味的书，但冬之卷里说及饮茶，以为英国家庭里下午的红茶与黄油面包是一日中最大的乐事，中国饮茶已历千百年，未必能领略此种乐趣与实益的万分之一，则我殊不以为然。红茶带"土斯"未始不可吃，但这只是当饭，在肚饥时食之而已；我的所谓喝茶，却是在喝清茶，在赏鉴其色与香与味，意未必在止渴，自然更不在果腹了。中国古昔曾吃过煎茶及抹茶，现在所用的都是泡茶，冈仓觉三在《茶之书》（Book of Tea，1919）里很巧妙的称之曰"自然主义的茶"，所以我们所重的即在这自然之妙味。中国人上茶馆去，左一碗右一碗地喝了半天，好像是刚从沙漠里回来的样子，颇合于我的喝茶的意思，（听说闽粤有所谓吃工夫茶者自然更有道理，）只可惜近来太是洋场化，失了本意，其结果成为饭馆子之流，只在乡村间还保存一点古风，唯是屋宇器具简陋万分，或者但可称为颇有喝茶之意，而未可许为已得喝茶之道也。

喝茶当于瓦屋纸窗下，清泉绿茶，用素雅的陶瓷茶具，同二三人共饮，得半日之闲，可抵十年的尘梦。喝茶之后，再去继续修各人的胜业，无论为名为利，都无不可，但偶然的片刻优游乃正亦断不可少。中国喝茶时多吃瓜子，我觉得不很适宜；喝茶时可吃的东西应当是清淡的"茶食"。中国的茶食却变了"满汉饽饽"，其性质与"阿阿兜"相差无几，不是喝茶时所吃的东西了。日本的点心虽是豆米的成品，但那优雅的形色，朴素的味道，很合于茶食的资格，如各色的"羊羹"，（据上田恭辅氏考据，说是出于中国唐时的羊肝饼），尤有特殊的风味。江南茶馆中有一种"干丝"，用豆腐干切成细丝，加姜丝酱油，重汤炖热，上浇麻油，出以供客，其利益为"堂倌"所独有。豆腐干中本有一种"茶干"，今变而为丝，亦颇与茶相宜。在南京时常食此品，据云有某寺方丈所制为最，虽也曾尝试，却已忘记，所记得者乃只是下关的江天阁而已。学生们的习惯，平常"干丝"既出，大抵不即食，等到麻油再加，开水重换之后，始行举箸，最为合适，因为一到即罄，次碗继至，不遑应酬，否则麻油三浇，旋即撤去，怒形于色，未免使客不欢而散，茶意都消了。

吾乡昌安门外有一处地方名三脚桥，（实在并无三脚，乃是三出，因以一桥而跨三汊的河上也，）其地有豆腐店曰周德和者，制茶干最有名。寻常的豆腐干方约寸半，厚可三分，值钱二文，周德和的价值相同，小而且薄，才及一半，黝黑坚实，如紫檀片。我家距三脚桥有步行两小时的路程，故殊不易得，但能吃到油炸者而已。每天有人挑担设炉镬，沿街叫卖，其词曰：

辣酱辣，麻油炸，

红酱搽，辣酱拓：

周德和格五香油炸豆腐干。

其制法如上所述，以竹丝插其末端，每枚三文。豆腐干大小如周德和，而甚柔软，大约系常品，唯经过这样烹调，虽然不是茶食之一，却也不失为一种好豆食。——豆腐的确也是极好的佳妙的食品，可以有种种的变化，唯在西洋不会被领解，正如茶一般。

日本用茶淘饭，名曰"茶渍"，以腌菜及"泽庵"（即福建的黄土萝卜，日本泽庵法师始传此法，盖从中国传去）等为佐，很有清淡而甘香的风味。中国人未尝不这样吃，唯其原因，非由穷困即为节省，殆少有故意往清茶淡饭中寻其固有之味者，此所以为可惜也。

毋忘草

梁遇春

一

Butler 和 Stevenson 都主张我们应当衣袋里放一本小簿子，心里一涌出什么巧妙的念头，就把它抓住记下，免得将来逃个无影无踪。我一向不大赞成这个办法，一则因为我总觉得文章是"妙手偶得之"的事情，不可刻意雕出，那大概免不了三分"匠"意。二则，既然记忆力那么坏，有了得意的意思又会忘却，那么一定也会忘记带那本子了，或者带了本子，没有带笔，结果还是一个忘却，倒不如安分些，让这些念头出入自由罢。这些都是壮年时候的心境。

近来人事纷扰，感慨比从前多，也忘得更快，最可恨的是不全忘去，留个影子，叫你想不出全部来觉得怪难过的。

并且在人海的波涛里浮沉着，有时颇顾惜自己的心境，想留下来，做这个徒然走过的路程的标志。因此打算每夜把日间所胡思乱想的多多少少写下一点儿，能够写多久，那是连上帝同魔鬼都不知道的。

二

老子用极恬美的文字著了《道德经》，但是他在最后一章里却说，"信言不美，美言不信。"大有一笔勾销前八十章的样子。这是抓到哲学核心的智者的态度。若使他没有看透这点，他也不会写出这五千言了。天下事讲来讲去讲到彻底时正同没有讲一样，只有知道讲出来是没有意义的人才会讲那么多话。又讲得那么好。Montaigne Voltaire，Pascal，Hume说了许多的话，却是全没有结论，也全因为他们心里是雪亮的，晓得万千种话一灯青，说不出什么大道理来，所以他们会那样滔滔不绝，头头是道。天下许多事情都是翻觔斗，未翻之前是这么站着，既翻之后还是这么站着，然而中间却有这么一个觔斗！

镜君屡向我引起庄子的"道隐于小成，言隐于荣华"。又屡向我盛称庄生文章的奇伟瑰丽，他的确很懂得庄子。

三

我现在深知道"忆念"这两个字的意思,也许因为此刻正是穷秋时节罢。忆念是没有目的,没有希望的,只是在日常生活里很容易触物伤情,想到千里外此时有个人不知道作什么生。有时遇到极微细的,跟那人绝不相关的情境,也会忽然联想起那个穿梭般出入我的意识的她,我简直认为这念头是来得无端。忆念后又怎么样呢?没有怎么样,我还是这么一个人。那么又何必忆念呢?但是当我想不去忆念她时,我这想头就是忆念着她了。当我忘却了这个想头,我又自然地忆念起来了。我可以闭着眼睛不看外界的东西,但是我的心眼总是清炯炯的,总是皋着她的倩影。在欢场里忆起她时,我感到我的心境真是静悄悄得像老人了。在苦痛时忆起她时,我觉得无限的安详,仿佛以为我已挨尽一切了。总之,我时时的心境都经过这么一种洗礼,不管当时的情绪为何,那色调是绝对一致的,也可以说她的影子永离不开我了。

"人间别久不成悲"[1],难道已浑然好像没有这么一回事

1　南宋词人姜夔《鹧鸪天》词句。

吗？不，绝不！初别的时候心里总难免万千心绪起伏着，就构成一个光怪陆离的悲哀。当一个人的悲哀变成灰色时，他整个人溶在悲哀里面去了，惆怅的情绪既为他日常心境，他当然不会再有什么悲从中来了。

翡冷翠山居闲话

徐志摩

在这里出门散步去,上山或是下山,在一个晴好的五月的向晚,正像是去赴一个美的宴会,比如去一果子园,那边每株树上都是满挂着诗情最秀逸的果实,假如你单是站着看还不满意时,只要你一伸手就可以采取,可以恣尝鲜味,足够你性灵的迷醉。阳光正好暖和,决不过暖;风息是温驯的,而且往往因为他是从繁花的山林里吹度过来,他带来一股幽远的澹香,连着一息滋润的水气,摩挲着你的颜面,轻绕着你的肩腰,就这单纯的呼吸已是无穷的愉快;空气总是明净的,近谷内不生烟,远山上不起霭,那美秀风景的全部正像画片似的展露在你的眼前,供你闲暇的鉴赏。

做客山中的妙处,尤在你永不须踌躇你的服色与体态;

你不妨摇曳着一头的蓬草，不妨纵容你满腮的苔藓；你爱穿什么就穿什么；扮一个牧童，扮一个渔翁，装一个农夫，装一个走江湖的桀卜闪，装一个猎户；你再不必提心整理你的领结，你尽可以不用领结，给你的颈根与胸膛一半日的自由，你可以拿一条这边艳色的长巾包在你的头上，学一个太平军的头目，或是拜伦那埃及装的姿态；但最要紧的是穿上你最旧的旧鞋，别管他模样不佳，他们是顶可爱的好友，他们承着你的体重却不叫你记起你还有一双脚在你的底下。

这样的玩顶好是不要约伴，我竟想严格的取缔，只许你独身；因为有了伴多少总得叫你分心，尤其是年轻的女伴，那是最危险最专制不过的旅伴，你应得躲避她像你躲避青草里一条美丽的花蛇！平常我们从自己家里走到朋友的家里，或是我们执事的地方，那无非是在同一个大牢里从一间狱室移到另一间狱室去，拘束永远跟着我们，自由永远寻不到我们；但在这春夏间美秀的山中或乡间你要是有机会独身闲逛时，那才是你福星高照的时候，那才是你实际领受，亲口尝味，自由与自在的时候，那才是你肉体与灵魂行动一致的时候。朋友们，我们多长一岁年纪往往只是加重我们头上的枷，加紧我们脚胫上的链，我们见小孩子在草里在沙堆里在浅水里打滚作乐,或是看见小猫追他自己的尾巴,何尝没有羡慕的时候,但我们的枷,我们的链永远是制定我们行动的上司!所以只有你单身奔赴大自然的怀抱时,像一个裸体的小孩扑入他母亲的怀抱时,你才知道灵魂的愉快是怎样的,单是活着的快乐是怎样的,单就呼吸单就走道单就张眼看耸耳听的幸福是怎样的。因此你得严格的为己,极端的自私,只许你,体魄与性灵,与自然同在一个脉搏里跳动,同在一个音波里起伏,同在一个神奇的宇宙里自得。我们浑朴的天真是像含羞草似的娇柔,一经同伴的抵触,他就卷了起来,但在澄静的日光下,和风中,他的姿态是自然的,他的生活是无阻碍的。

你一个人漫游的时候,你就会在青草里坐地仰卧,甚至有时打滚,因为草的和暖的颜色自然的唤起你童稚的活泼;在静僻的道上你就会不自主的狂舞,看着你自己的身影幻出种种诡异的变相,因为道旁树木的阴影在他们纡徐的婆娑里暗示你舞蹈的快乐;你也会得信口的歌唱,偶尔记起断片的音调,与你自己随口的小曲,因为树林中的莺燕告诉你春光是应得赞美的;更不必说你的胸襟自然会跟着漫长的山径开拓,你的心地会看着澄蓝的天空静定,你的思想和着山罄间的水声,山里的泉响，有时一澄到底的清澈，有时激起成章的波动，流，流，流入凉爽的橄榄林中，流入妩媚的阿诺河去……

并且你不但不须应伴，每逢这样的游行，你也不必带书。书是理想的伴侣，但你应得带书，是在火车上，在你住处的客室里，不是在你独身漫步的时候。什么伟大的深沉的鼓舞的清明的优美的思想的根源不是可以在风籁中，云彩里，山势与地形的起伏里，花草的颜色与香息里寻得？自然是最伟大的一部书，葛德说，在他每一页的字句里我们读得最深奥的消息。并且这书上的文字是人人懂得的；阿尔帕斯与五老峰，雪西里与普陀山，莱茵河与扬子江，梨梦湖与西子湖，建兰与琼花，杭州西溪的芦雪与威尼市夕照的红潮，百灵与夜莺，更不提一般黄的黄麦，一般紫的紫藤，一般青的青草同在大地上生长，同在和风中波动——他们应用的符号是永远一致的，他们的意义是永远明显的，只要你自己性灵上不长疮瘢，眼不盲，耳不塞，这无形迹的最高等教育便永远是你的名分，这不取费的最珍贵的补剂便永远供你的受用；只要你认识了这一部书，你在这世界上寂寞时便不寂寞，穷困时不穷困，苦恼时有安慰，挫折时有鼓励，软弱时有督责，迷失时有指南针。

故乡的杨梅

鲁彦

过完了长期的蛰伏生活,眼看着新黄嫩绿的春天爬上了枯枝,正欣喜着想跑到大自然的怀中,发泄胸中的抑郁,却忽然病了。

唉,忽然病了。

我这粗壮的躯壳,不知道经过了多少炎夏和严冬,被轮船和火车抛掷过多少次海角与天涯,尝受过多少辛劳与艰苦,从来不知道战栗或疲倦的呵,现在却呆木地躺在床上,不能随意地转侧了。

尤其是这躯壳内的这一颗心。它历年可是铁一样的。对着眼前的艰苦,它不会畏缩;对着未来的憧憬,它不肯绝望;对着过去的痛苦,它不愿回忆的呵,然而现在,它却尽管凄凉地往复地想了。

唉，唉，可悲呵，这病着的躯壳的病着的心。

尤其是对着这细雨连绵的春天。

这雨，落在西北，可不全像江南的故乡的雨吗？细细的，丝一样，若断若续的。

故乡的雨，故乡的天，故乡的山河和田野……，还有那蔚蓝中衬着整齐的金黄的菜花的春天，藤黄的稻穗带着可爱的气息的夏天，蟋蟀和纺织娘们在濡湿的草中唱着诗的秋天，小船吱吱地触着沉默的薄冰的冬天……还有那熟识的道路，还有那亲密的故居……

不，不，我不想这些，我现在不能回去，而且是病着，我得让我的心平静：恢复我过去的铁一般的坚硬，告诉自己：这雨是落在西北，不是故乡的雨——而且不像春天的雨，却像夏天的雨。

不要那样想吧，我的可怜的心呵，我的头正像夏天的烈日下的汽油缸，将要炸裂了，我的嘴唇正干燥得将要迸出火花来了呢。让这夏天的雨来压下我头部的炎热，让……让……

唉，唉，就说是故乡的杨梅吧……它正是在类似这样的雨天成熟的呵。

故乡的食物，我没有比这更喜欢的了。倘若我爱故乡，不如就说我完全是爱的这叫作杨梅的果子吧。

呵，相思的杨梅！它有着多么惊异的形状，多么可爱的颜色，多么甜美的滋味呀。

它是圆的，和大的龙眼一样大小，远看并不稀奇，拿到手里，原来它是遍身生着刺的哩。这并非它的壳，这就是它的肉。不知道的人，一定以为这满身生着刺的果子是不能进口的了，否则也须用什么刀子削去那刺的尖端的吧？然而这是过虑。它原来是希望人家爱它吃它的。只要等它渐渐长熟，它的刺也渐渐软了，平了。那时放到嘴里，软滑之外还带着什么感觉呢？没有人能想得到，它还保存着它的特点，每一根刺平滑地在舌尖上触了过去，细腻柔软而且亲切——这好比最甜蜜的吻，使人迷醉呵。

颜色更可爱呢。它最先是淡红的，像娇嫩的婴儿的面颊，随后变成了深红，像是处女的害羞，最后黑红了——不，我们说它是黑的。然而它并不是黑，也不是黑红，原来是红的。太红了，所以像是黑。轻轻地啄开它，我们就看见了那新鲜红嫩的内部，同时我们已染上了一嘴的红水。说它新鲜红嫩，有的人也许以为一定像贵妃的肉色似的荔枝吧？嗳，那就错了。荔枝的光色是呆板的，像玻璃，像鱼目；杨梅的光色却是生动的，像映着朝霞的露水呢。

滋味吗？没有十分成熟是酸带甜，成熟了便单是甜。这甜味可决不使人讨厌，不但爱吃甜味的人尝了一下舍不得丢掉，就连不爱吃甜味的人也会完全给它吸引住，越吃越爱吃。它是甜的，然而又依然是酸的，而这酸味，我们须待吃饱了杨梅以后，再吃别的东西的时候，才能领会得到。那时我们才知道自己的牙齿酸了，软了，连豆腐也咬不下了，于是我们才恍然悟到刚才吃多了酸的杨梅。我们知道这个，然而我们仍然爱它，我们仍须吃一个大饱。它真是世上最迷人的东西。

唉，唉，故乡的杨梅呵。

细雨如丝的时节，人家把它一船一船地载来，一担一担地挑来，我们一篮一篮地买了进来，挂一篮在檐口下，放一篮在水缸盖上，倒上一脸盆，用冷水一洗，一颗一颗地放进嘴里，一面还没有吃了，一面又早已从脸盆里拿起了一颗，一口气吃了一二十颗，有时来不及把它的核一一吐出来，便一直吞进了肚里。

"生了虫呢……蛇吃过了呢……"母亲看见我们吃得快，吃得多，便这样地说了起来，要我们仔细地看一看，多多地洗一番。

但我们并不管这些，它成了我们的生命，我们越吃越快了。

"好吃，好吃，"我们心里这样想着，嘴里却没有余暇说话。待肚子胀上加胀，胀上加胀，眼看着一脸盆的杨梅吃得一颗也不留，这才呆笨地挺着肚子，走了开去，叹气似的嘘出一声"咳"来……

唉，可爱的故乡的杨梅呵。

一年，二年……我已有十六七年不曾尝到它的滋味了。偶尔回到故乡，不是在严寒的冬天，便是在酷热的夏天，或者杨梅还未成熟，或者杨梅已经落完了。这中间，曾经有两次，在异地见到过杨梅，比故乡的小，比故乡的酸，颜色又不及故乡的红。我想回味过去，把它买了许多来。

"长在树上，有虫爬过，有蛇吃过呢……"

我现在成了大人，有了知识，爱惜自己的生命甚于杨梅了。我用沸滚的开水去细细地洗杨梅，觉得还不够消除那上面的微菌似的。

于是它不但更不像故乡的,简直不是杨梅了。我只尝了一二颗,便不再吃下去。

最后一次我终于在离故乡不远的地方见到了可爱的故乡的杨梅。

然而又因为我成了大人,有了知识,爱惜自己的生命甚于杨梅,偶然发现一条小虫,也就拒绝了回味的欢愉。

现在我的味觉也显然改变了,即使回到故乡,遇到细雨如丝的杨梅时节,即使并不害怕从前的那种吃法,我的舌头应该感觉不出从前的那种美味了,我的牙齿应该不能像从前似的能够容忍那酸性了。

唉,故乡离开我愈远了。

我们中间横着许多鸿沟。那不是千万里的山河的阻隔,那是……

唉,唉,我到底病了。我为什么要想到这些呢?

看呵,这眼前的如丝的细雨,不是若断若续地落在西北的春天里吗?

马缨花

季羡林

曾经有很长的一段时间,我孤零零一个人住在一个很深的大院子里。从外面走进去,越走越静,自己的脚步声越听越清楚,仿佛从闹市走向深山。等到脚步声成为空谷足音的时候,我住的地方就到了。

院子不小,都是方砖铺地,三面有走廊。天井里遮满了树枝,走到下面,浓荫匝地,清凉蔽体。从房子的气势来看,从梁柱的粗细来看,依稀还可以看出当年的富贵气象。

这富贵气象是有来源的。在几百年前,这里曾经是明朝的东厂。不知道有多少忧国忧民的志士曾在这里被囚禁过,也不知道有多少人在这里受过苦刑,甚至丧掉性命。据说当年的水牢现在还有迹可寻哩。

等到我住进去的时候，富贵气象早已成为陈迹，但是阴森凄苦的气氛却是原封未动。再加上走廊上陈列的那一些汉代的石棺石椁，古代的刻着篆字和隶字的石碑，我一走回这个院子里，就仿佛进入了古墓。这样的环境，这样的气氛，把我的记忆提到几千年前去；有时候我简直就像是生活在历史里，自己俨然成为古人了。

这样的气氛同我当时的心情是相适应的，我一向又不相信有什么鬼神，所以我住在这里，也还处之泰然。

但是也有紧张不泰然的时候。往往在半夜里，我突然听到推门的声音，声音很大，很强烈。我不得不起来看一看。那时候经常停电。我只能在黑暗中摸索着爬起来，摸索着找门，摸索着走出去。院子里一片浓黑，什么东西也看不见。连树影子也仿佛同黑暗粘在一起，一点都分辨不出来。我只听到大香椿树上有一阵窸窸窣窣的声音，然后咪噢的一声，有两只小电灯似的眼睛从树枝深处对着我闪闪发光。

这样一个地方，对我那些经常来往的朋友们来说，是不会引起什么好感的。有几位在白天还有兴致来找我谈谈，他们很怕在黄昏时分走进这个院子。万一有事，不得不来，也一定在大门口向工友再三打听，我是否真在家里，然后才有勇气，跋涉过那一个长长的胡同，走过深深的院子，来到我的屋里。有一次，我出门去了，看门的工友没有看见。一位朋友走到我住的那个院子里，在黄昏的微光中，只见一地树影，满院石棺，我那小窗上却没有灯光。他的腿立刻抖了起来，费了好大力量，才拖着它们走了出去。第二天我们见面时，谈到这点经历，两人相对大笑。

我是不是也有孤寂之感呢？应该说是有的。当时正是"万家墨面没蒿莱"的时代，北平城一片黑暗。白天在学校里的时候，同青年同学在一起，从他们那蓬蓬勃勃的斗争意志和生命活力里，还可以吸取一些力量和快乐，精神十分振奋。但是，一到晚上，当我孤零零一个人走回这个所谓家的时候，我仿佛遗世而独立。没有人声，没有电灯，没有一点活气。在煤油灯的微光中，我只看到自己那高得、大得、黑得惊人的身影在四面的墙壁上晃动，仿佛是有个巨灵来到我的屋内。寂寞像毒蛇似的偷偷地袭来，折磨着我，使我无所逃于天地之间。

在这样无可奈何的时候，有一天，在傍晚的时候，我从外面一走进那个院子，蓦地闻到一股似浓似淡的香气。我抬头一看，原来是遮满院子的马缨花开花了。在这以前，我知道这些树都是马缨花；但是我却没有十分注意它们。今天它们用自己的香气告诉了我它们的存在。这对我似乎是一件新事。我不由得就站在树下，仰头观望：细碎的叶子密密地搭成了一座天棚，天棚上面是一层粉红色的细丝般的花瓣，远处望去，就像是绿云层上浮上了一团团的红雾。香气就是从这一片绿云里洒下来的，洒满了整个院子，洒满了我的全身，使我仿佛游泳在香海里。

花开也是常有的事，开花有香气更是司空见惯。但是，在这样一个时候，这样一个地方，有这样的花，有这样的香，我就觉得很不寻常；有花香慰我寂寥，我甚至有一些近乎感激的心情了。

从此，我就爱上了马缨花，把它当成了自己的知心朋友。

北平终于解放了。一九四九年的十月一日给全中国带来了光明与希望，给全世界带来了光明与希望。这一个具有重大意义的日子在我的生命里画上了一道鸿沟，我仿佛重新获得了生命。可惜不久我就搬出了那个院子，同那些可爱的马缨花告别了。

时间也过得真快，到现在，才一转眼的工夫，已经过去了十三年。这十三年是我生命史上最重要、最充实、最有意义的十三年。我看了很多新东西，学习了很多新东西，走了很多新地方。我当然也看了很多奇花异草。我曾在亚洲大陆最南端科摩林海角看到高凌霄汉的巨树上开着大朵的红花；我曾在缅甸的避暑胜地东枝看到开满了小花园的火红照眼的不知名的花朵；我也曾在塔什干看到长得像小树般的玫瑰花。这些花都是异常美妙动人的。

然而使我深深地怀念的却仍然是那些平凡的马缨花。我是多么想见到它们呀！

最近几年来，北京的马缨花似乎多起来了。在公园里，在马路旁边，在大旅馆的前面，在草坪里，都可以看到新栽种的马缨花。细碎的叶子密密地搭成了一座座的天棚，天棚上面是一层粉红色的细丝般的花瓣。远处望去，就像是绿云层上浮上了一团团的红雾。这绿云红雾飘满了北京。衬上红墙、黄瓦，给人民的首都增添了绚丽与芬芳。

我十分高兴。我仿佛是见了久别重逢的老友。但是，我却隐隐约约地感觉到，这些马缨花同我回忆中的那些很不相同。叶子仍然是那样的叶子，花也仍然是那样的花，在短短的十几年以内，它绝不会变了种。它们不同之处究竟何在呢？

我最初确实是有些困惑,左思右想,只是无法解释。后来,我扩大了我回忆的范围,不把回忆死死地拴在马缨花上面,而是把当时所有同我有关的事物都包括在里面。不管我是怎样喜欢院子里那些马缨花,不管我是怎样爱回忆它们,回忆的范围一扩大,同它们联系在一起的不是黄昏,就是夜雨,否则就是迷离凄苦的梦境。我好像是在那些可爱的马缨花上面从来没有见到哪怕是一点点阳光。

然而,今天摆在我眼前的这些马缨花,却仿佛总是在光天化日之下。即使是在黄昏时候,在深夜里,我看到它们,它们也仿佛是生气勃勃,同浴在阳光里一样。它们仿佛想同灯光竞赛,同明月争辉。同我回忆里那些马缨花比起来,一个是照相的底片,一个是洗好的照片;一个是影,一个是光。影中的马缨花也许是值得留恋的,但是光中的马缨花不是更可爱吗?

我从此就爱上了这光中的马缨花,而且我也爱藏在我心中的这一个光与影的对比。它能告诉我很多事情,带给我无穷无尽的力量,送给我无限的温暖与幸福;它也能促使我前进。我愿意马缨花永远在这光中含笑怒放。

老海棠树

史铁生

如果可能，如果有一块空地，不论窗前屋后，要是能随我的心愿种点儿什么，我就种两棵树。一棵合欢，纪念母亲。一棵海棠，纪念我的奶奶。

奶奶，和一棵老海棠树，在我的记忆里不能分开；好像她们从来就在一起，奶奶一生一世都在那棵老海棠树的影子里张望。

老海棠树近房高的地方，有两条粗壮的枝丫，弯曲如一把躺椅，小时候我常爬上去，一天一天地就在那儿玩。奶奶在树下喊："下来，下来吧，你就这么一天到晚待在上头不下来了？"是的，我在那儿看小人书，用弹弓向四处射击，甚至在那儿写作业，书包挂在房檐上。"饭也在上头吃吗？"

对，在上头吃。奶奶把盛好的饭菜举过头顶，我两腿攀紧树丫，一个海底捞月把碗筷接上来。"觉呢，也在上头睡？"没错。四周是花香，是蜂鸣，春风拂面，是沾衣不染的海棠花雨。奶奶站在地上，站在屋前，老海棠树下，望着我；她必是羡慕，猜我在上头是什么感觉，都能看见什么？

但她只是望着我吗？她常独自呆愣，目光渐渐迷茫，渐渐空荒，透过老海棠树浓密的枝叶，不知所望。

春天，老海棠树摇动满树繁花，摇落一地雪似的花瓣。我记得奶奶坐在树下糊纸袋，不时地冲我叨唠："就不说下来帮帮我？你那小手儿糊得多快！"我在树上东一句西一句地唱歌。奶奶又说："我求过你吗？这回活儿紧！"我说："我爸我妈根本就不想让您糊那破玩意儿，是您自己非要这么累！"奶奶于是不再吭声，直起腰，喘口气，这当儿就又呆呆地张望——从粉白的花间，一直到无限的天空。

或者夏天，老海棠树枝繁叶茂，奶奶坐在树下的浓荫里，又不知从哪儿找来了补花的活儿，戴着老花镜，埋头于床单或被罩，一针一线地缝。天色暗下来时她冲我喊："你就不能劳驾去洗洗菜？没见我忙不过来吗？"我跳下树，洗菜，胡乱一洗了事。奶奶生气了："你们上班上学，就是这么糊弄?"奶奶把手里的活儿推开,一边重新洗菜一边说:"我就一辈子得给你们做饭?就不能有我自己的工作?"这回是我不再吭声。奶奶洗好菜,重新捡起针线,从老花镜上缘抬起目光,又会有一阵子愣愣地张望。

有年秋天,老海棠树照旧果实累累,落叶纷纷。早晨,天还昏暗,奶奶就起来去扫院子,"刷啦——刷啦——"院子里的人都还在梦中。那时我大些了,正在插队,从陕北回来看她。那时奶奶一个人在北京,爸和妈都去了干校。那时奶奶已经腰弯背驼。"刷啦刷啦"的声音把我惊醒,赶紧跑出去:"您歇着吧我来,保证用不了三分钟。"可这回奶奶不要我帮。"咳,你呀!你还不懂吗?我得劳动。"我说:"可谁能看得见?"奶奶说:"不能那样,人家看不看得见是人家的事,我得自觉。"她扫完了院子又去扫街。"我跟您一块儿扫行不?""不行。"

这样我才明白,曾经她为什么执意要糊纸袋,要补花,不让自己闲着。有爸和妈养活她,她不是为挣钱,她为的是劳动。她的成分随了爷爷算地主。虽然我那个地主爷爷三十几岁就一命归天,是奶奶自己带着三个儿子苦熬过几十年,但人家说什么?人家说:"可你还是吃了那么多年的剥削饭！"这话让她无地自容。这话让她独自愁叹。这话让她几十年的苦熬忽然间变成屈辱。她要补偿这罪孽。她要用行动证明。证明什么呢？她想着她未必不能有一天自食其力。奶奶的心思我有点儿懂了：什么时候她才能像爸和妈那样，有一份名正言顺的工作呢？大概这就是她的张望吧，就是那老海棠树下屡屡的迷茫与空荒。不过，这张望或许还要更远大些——她说过：得跟上时代。

所以冬天，所有的冬天，在我的记忆里，几乎每一个冬天的晚上，奶奶都在灯下学习。窗外，风中，老海棠树枯干的枝条敲打着屋檐，摩擦着窗棂。奶奶曾经读一本《扫盲识字课本》，再后是一字一句地念报纸上的头版新闻。在《奶奶的星星》里我写过：她学《国歌》一课时，把"吼声"念成"孔声"。我写过我最不能原谅自己的一件事：奶奶举着一张报纸，小心地凑到我跟前："这一段，你给我说说，到底什么意思？"我看也不看地就回答："您学那玩意儿有用吗？您以为把那些东西看懂，您就真能摘掉什么帽子？"奶奶立刻不语，唯低头盯着那张报纸，半天半天目光都不移动。我的心一下子收紧，但知已无法弥补。"奶奶。""奶奶！""奶奶——"我记得她终于抬起头时，眼里竟全是惭愧，毫无对我的责备。

但在我的印象里，奶奶的目光慢慢地离开那张报纸，离开灯光，离开我，在窗上老海棠树的影子那儿停留一下，继续离开，离开一切声响甚至一切有形，飘进黑夜，飘过星光，飘向无可慰藉的迷茫与空荒……而在我的梦里，我的祈祷中，老海棠树也便随之轰然飘去，跟随着奶奶，陪伴着她，围拢着她；奶奶坐在满树的繁花中，满地的浓荫里，张望复张望，或不断地要我给她说说："这一段到底是什么意思？"——这形象，逐年地定格成我的思念和我永生的痛悔。

时光不解年年好,
叶上秋声早

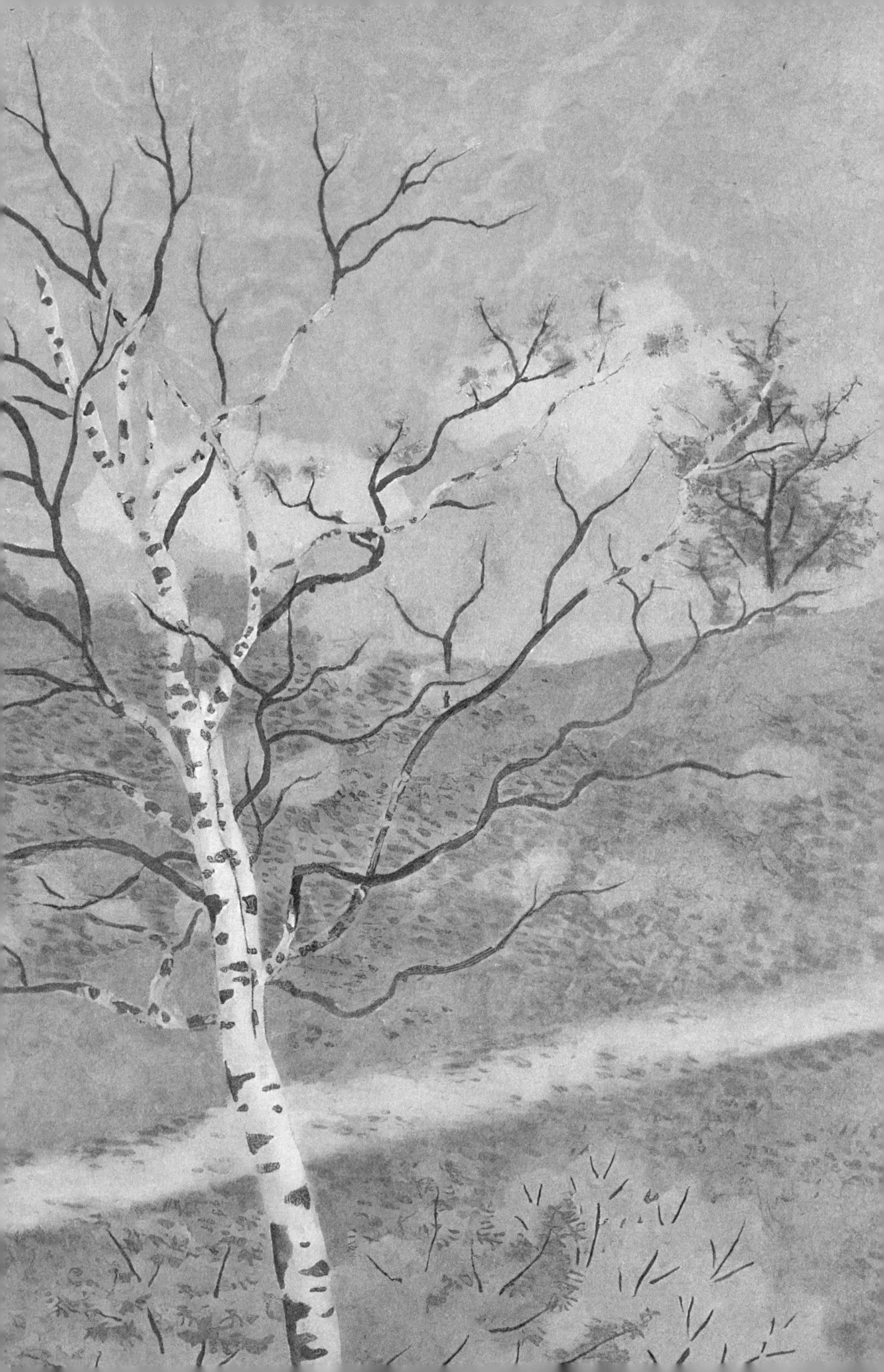

"这也是生活"……

鲁迅

这也是病中的事情。

有一些事,健康者或病人是不觉得的,也许遇不到,也许太微细。到得大病初愈,就会经验到;在我,则疲劳之可怕和休息之舒适,就是两个好例子。我先前往往自负,从来不知道所谓疲劳。书桌面前有一把圆椅,坐着写字或用心的看书,是工作;旁边有一把藤躺椅,靠着谈天或随意的看报,便是休息;觉得两者并无很大的不同,而且往往以此自负。现在才知道是不对的,所以并无大不同者,乃是因为并未疲劳,也就是并未出力工作的缘故。

我有一个亲戚的孩子,高中毕了业,却只好到袜厂里去做学徒,心情已经很不快活的了,而工作又很繁重,几乎一年到头，并无休息。他是好高的，不肯偷懒，支持了一年多。有一天，忽然坐倒了，对他的哥哥道："我一点力气也没有了。"

他从此就站不起来，送回家里，躺着，不想饮食，不想动弹，不想言语，请了耶稣教堂的医生来看，说是全体什么病也没有，然而全体都疲乏了。也没有什么法子治。自然，连接而来的是静静的死。我也曾经有过两天这样的情形，但原因不同，他是做乏，我是病乏的。我的确什么欲望也没有，似乎一切都和我不相干，所有举动都是多事，我没有想到死，但也没有觉得生；这就是所谓"无欲望状态"，是死亡的第一步。曾有爱我者因此暗中下泪；然而我有转机了，我要喝一点汤水，我有时也看看四近的东西，如墙壁，苍蝇之类，此后才能觉得疲劳，才需要休息。

象心纵意地躺倒，四肢一伸，大声打一个呵欠，又将全体放在适宜的位置上，然后弛懈了一切用力之点，这真是一种大享乐。在我是从来未曾享受过的。我想，强壮的，或者有福的人，恐怕也未曾享受过。

记得前年，也在病后，做了一篇《病后杂谈》，共五节，投给《文学》，但后四节无法发表，印出来只剩了头一节了。虽然文章前面明明有一个"一"字,此后突然而止,并无"二""三",仔细一想是就会觉得古怪的,但这不能要求于每一位读者,甚而至于不能希望于批评家。于是有人据这一节,下我断语道:"鲁迅是赞成生病的。"现在也许暂免这种灾难了,但我还不如先在这里声明一下:"我的话到这里还没有完。"

有了转机之后四五天的夜里,我醒来了,喊醒了广平。

"给我喝一点水。并且去开开电灯,给我看来看去的看一下。"

"为什么?……"她的声音有些惊慌,大约是以为我在讲昏话。

"因为我要过活。你懂得么?这也是生活呀。我要看来看去的看一下。"

"哦……"她走起来,给我喝了几口茶,徘徊了一下,又轻轻地躺下了,不去开电灯。

我知道她没有懂得我的话。

街灯的光穿窗而入,屋子里显出微明,我大略一看,熟识的墙壁,壁端的棱线,熟识的书堆,堆边的未订的画集,外面的进行着的夜,无穷的远方,无数的人们,都和我有关。我存在着，我在生活，我将生活下去，我开始觉得自己更切实了，我有动作的欲望——但不久我又坠入了睡眠。

第二天早晨在日光中一看，果然，熟识的墙壁，熟识的书堆……这些，在平时，我也时常看它们的，其实是算作一种休息。但我们一向轻视这等事，纵使也是生活中的一片，却排在喝茶搔痒之下，或者简直不算一回事。我们所注意的是特别的精华，毫不在枝叶。给名人作传的人，也大抵一味铺张其特点，李白怎样作诗，怎样耍颠，拿破仑怎样打仗，怎样不睡觉，却不说他们怎样不耍颠，要睡觉。其实，一生中专门耍颠或不睡觉，是一定活不下去的，人之有时能耍颠和不睡觉，就因为倒是有时不耍颠和也睡觉的缘故。然而人们以为这些平凡的都是生活的渣滓，一看也不看。

于是所见的人或事，就如盲人摸象，摸着了脚，即以为象的样子像柱子。中国古人，常欲得其"全"，就是制妇女用的"乌鸡白凤丸"，也将全鸡连毛血都收在丸药里，方法固然可笑，主意却是不错的。

删夷枝叶的人，决定得不到花果。

为了不给我开电灯，我对于广平很不满，见人即加以攻击；到得自己能走动了，就去一翻她所看的刊物，果然，在我卧病期中，全是精华的刊物已经出得不少了，有些东西，后面虽然仍旧是"美容妙法"，"古木发光"，或者"尼姑之秘密"，但第一面却总有一点激昂慷慨的文章。作文已经有了"最中心之主题"：连义和拳时代和德国统帅瓦德西睡了一些时候的赛金花，也早已封为九天护国娘娘了。

尤可惊服的是先前用《御香缥缈录》，把清朝的宫廷讲得津津有味的《申报》上的《春秋》，也已经时而大有不同，有一天竟在卷端的《点滴》里，教人当吃西瓜时，也该想到我们土地的被割碎，像这西瓜一样。自然，这是无时无地无事而不爱国，无可訾议的。但倘使我一面这样想，一面吃西瓜，我恐怕一定咽不下去，即使用劲咽下，也难免不能消化，在肚子里咕咚地响它好半天。这也未必是因为我病后神经衰弱的缘故。我想，倘若用西瓜作比，讲过国耻讲义，却立刻又会高高兴兴地把这西瓜吃下，成为血肉的营养的人，这人恐怕是有些麻木。对他无论讲什么讲义，都是毫无功效的。

我没有当过义勇军，说不确切。但自己问：战士如吃西瓜，是否大抵有一面吃，一面想的仪式的呢？我想：未必有的。他大概只觉得口渴，要吃，味道好，却并不想到此外任何好听的大道理。吃过西瓜，精神一振，战斗起来就和喉干舌敝时候不同，所以吃西瓜和抗敌的确有关系，但和应该怎样想的上海设定的战略，却是不相干。这样整天哭丧着脸去吃喝，不多久，胃口就倒了，还抗什么敌。

然而人往往喜欢说得稀奇古怪，连一个西瓜也不肯主张平平常常地吃下去。其实，战士的日常生活，是并不全部可歌可泣的，然而又无不和可歌可泣之部相关联，这才是实际上的战士。

《自己的园地》旧序

周作人

这一集里分有三部,一是《自己的园地》十八篇,一九二二年所作,二是《绿洲》十五篇,一九二三年所作,三是杂文二十篇,除了《儿童的文学》等三篇外,都是近两年内随时写下的文章。

这五十三篇小文,我要申明一句,并不是什么批评。我相信批评是主观的欣赏不是客观的检察,是抒情的论文不是盛气的指摘;然而我对于前者实在没有这样自信,对于后者也还要有一点自尊,所以在真假的批评两方面都不能比附上去。简单地说,这只是我的写在纸上的谈话,虽然有许多地方更为生硬,但比口说或者也更为明白一点了。

大前年的夏天,我在西山养病的时候,曾经做过一条杂感曰《胜业》，说因为"别人的思想总比我的高明，别人的文章总比我的美妙"，所以我们应该少作多译，这才是胜业。荏苒三年，胜业依旧不修，却写下了几十篇无聊的文章，说来不免惭愧，但是仔细一想，也未必然。我们太要求不朽，想于社会有益，就太抹杀了自己；其实不朽决不是著作的目的，有益社会也并非著者的义务，只因他是这样想，要这样说，这才是一切文艺存在的根据。我们的思想无论如何浅陋，文章如何平凡，但自己觉得要说时便可以大胆地说出来，因为文艺只是自己的表现，所以凡庸的文章正是凡庸的人的真表现，比讲高雅而虚伪的话要诚实的多了。

世间欺侮天才，欺侮着而又崇拜天才的世间也并轻蔑庸人。人们不愿听荒野的叫声，然而对于酒后茶余的谈笑，又将凭了先知之名去加以呵斥。这都是错的。我想，世人的心与口如不尽被虚伪所封锁，我愿意倾听"愚民"的自诉衷曲，当能得到如大艺术家所能给予的同样的慰安。我是爱好文艺者，我想在文艺里理解别人的心情，在文艺里找出自己的心情，得到被理解的愉快。在这一点上，如能得到满足，我总是感谢的。所以我享乐——我想——天才的创造，也享乐庸人的谈话。世界的批评家法兰西（Anatole France）在

《文学生活》（第一卷）上说：

"著者说他自己的生活，怨恨，喜乐与忧患的时候，他并不使我们觉得厌倦。……

"因此我们那样的爱那大人物的书简和日记，以及那些人所写的，他们即使并不是大人物，只要他们有所爱，有所信，有所望，只要在笔尖下留下了他们自身的一部分。若想到这个，那庸人的心的确即是一个惊异。"

我自己知道这些文章都有点拙劣生硬，但还能说出我所想说的话；我平常喜欢寻求友人谈话，现在也就寻求想象的友人，请他们听我的无聊赖的闲谈。我已明知我过去的蔷薇色的梦都是虚幻，但我还在寻求——这是生人的弱点——想象的友人，能够理解庸人之心的读者。我并不想这些文章会于别人有什么用处，或者可以给予多少怡悦；我只想表现凡庸的自己的一部分，此外并无别的目的。因此我把近两年的文章都收在里边，除了许多讽刺的"杂感"以及不惬意的一两篇论文；其中也有近于游戏的文字，如《山中杂信》等，本是"杂感"一类，但因为这也可以见我的一种脾气，所以将他收在本集里了。

我因寂寞，在文学上寻求慰安；夹杂读书，胡乱作文，不值学人之一笑，但在自己总得了相当的效果了。或者国内有和我心情相同的人，便将这本杂集呈献与他；倘若没有，也就罢了。——反正寂寞之上没有更上的寂寞了。

我撞上了秋天

郁达夫

今夏漫长的炎热里,凌晨那段时间大概最舒服。就养成习惯,天一亮,铁定是早上。

四点半左右,就该我起床,或者入睡了。

这是我的生活规律。

但是昨晚睡得早,十一点左右。醒来一看,天还没亮,正想继续睡去,突然觉得蚊子的嗡嗡和空气的流动有些特别,不像是浓酽的午夜,一看表,果不其然,已经五点了。

爬起来,把自个儿撸撸干净了,走出我那烟熏火燎的房间,刚刚步出楼道,我就让秋天狠狠撞了个跟斗。

先是一阵风,施施然袭来,像一幅硕大无朋的裙裾,不由分说就把我从头到脚挤了一遍,挤牙膏似的,立马我的心情就畅快无比。我在夏天总没冬天那么活力洋溢,就是一个脑子清醒的问题。秋天要先来给我解决一下,何乐不为。

压迫整整一夏的天空突然变得很高,抬头望去——无数烂银也似的小白云整整齐齐排列在纯蓝天幕上,越看越调皮,越看越像长在我心中的那些可爱的灵气,我恨不得把它们轻轻抱下来吃上两口。我在天空上看到一张脸。想起这首很久以前写的歌,心境已经大不相同了,人也已经老了许多——人老了吗?我就一直站在那里看,看个没完没了,我要看得它慢慢消失,慢慢而坚固地存放在我这里。

来来往往的人开始多了,有人像我一样看,那是比较浪漫的,我祝福他们;有人奇怪地看我一眼,快步离去,我也祝福他们,因为他们在为了什么忙碌。生命就是这样,你总要做些什么,或者感受些什么,这两种过程都值得尊敬,不能怠慢。就如同我,要坚守阵地,如同一只苍老的羚羊,冷静地厮守在我的网络,那些坛子的钢丝边缘上。六点钟就很好了,园门口就有汁多味美的鲜肉大包子,厚厚一层红亮辣油翠绿香菜,还星星般点缀着熏干大头菜的豆腐脑,还有如同128K猫一样热情的油条,如同美丽娴静女网友般的豆浆,还有知心好友一样外焦里嫩熨帖心肺的大葱烫面油饼。

这里这些鳞次栉比的房屋，每个窗户后面都有故事，或者在我这里发生过，或者是现在我想听的。每个梦游的男人都和我一样不肯消停，每个睡裙的女人都被爱过或者正在爱着，每个老人都很丰富，每个孩子都很新鲜。每条小狗都很生动，每只鸽子都很乖巧。每个早晨都要这样，虽然我已经不同以往，总是幻想奇遇，总是渴望付出烈火般的激情，又总是被乖戾的现实玩耍，被今天这难得的天气从狂热中唤醒。我已经不孤单了，是吧。

就是这个孤单，像一床棉被，盖在很高的高空，随着我房间人数的变化，或低落，或俯冲，或紧缠，或飘扬。美倒是美，狠了点儿，我知道。

噫吁戏，我的北京，昨天交通管制的北京，今年全国夏季气温最高的北京，用这样清丽的秋天撞击我神经的北京，把我的生活彻底弄乱，把我的故事彻底展开，把我仔细地铺成一张再造白纸的北京啊。

暮

叶圣陶

西窗的斜阳才欲退隐,所有的色彩似乎暗淡了一点。主人翁觉得不耐了,"来,把灯开了!"拍的一旋,成串挂着的电灯如同闭了眼好久骤然张开似地一耀,什么都仿佛涂上了一层油彩。谁说这不是快适的享用,文明生活这个题目中的应有之义呢?

那工场中的地下室,围困在几百间房间里的单人客舍,百货商店的柜台橱架之间,以及沉没在烟里雾里的什么什么铺子和人家,电灯成日成夜地亮着,简直把大地运转的痕迹抹掉了。这是个实际问题,暗了必得它亮;否则为着生存,为着生存(写到第二个"为着",以为总该换一个别的,却觉得只有"为着生存"最妥当,所以又写了一个;就此为止，不再写第三个了）的种种活动不就停顿了吗？

我不反对有快适的享用的文明生活，实际问题尤其无可反对。但是我不禁为处于这等境界中的人惋惜，他们有的是优游的，有的是劳顿的，却同样地失去了一种足以吟味的美妙的诗境了。有如对于音乐一般，某甲则心领而神会，某乙却无异对琴之牛：感受与不感受固截然有别，即使感受，又大有程度之差；然而没有音乐送到耳边，始终不给你接触的机会，这无论在某甲某乙，都该是一个缺憾吧。

这种美妙的诗境就是"暮"。

所谓暮者，乃指太阳已没到地平线之下，而黑暗的幕还没有拉拢来，一切景物承着太阳的残余的弱光这期间。这自然不是"斜阳暮"了。在这时候，我们可以玩味那暮的特有的颜色。充满空际的是淡淡的青。若比晴朗的长天，没有那么明；若比清澄的湖水，没有那么活：这是微暗的，轻凝的，朦胧的，有如卷烟徐徐袅起的烟缕，又叫人想起堆在枕旁的美人的蓬松的长发。这青色蒙上屋檐、窗棂、庭树、盆花，以及平田、长河、密林、乱山等等，任是不协调的也给调和了，消融了各具的轮廓和色彩，在神秘的苍茫中凝合为一气。

自然，我们也给这青色蒙住了，若从超人间的什么眼看来，我们就在这一气之中，正如一滴水之于大海。但是我们有我们的我执，便觉这淡淡的青有一种压迫的力量，轻轻的，十二分轻轻的，然而总会叫我们感觉着。这力量似乎离头顶一尺的光景，——不，似乎触着了头顶，——不，压到眉梢了，——也不，竟然四肢百体都压到了。虽然是压迫，不但轻，而且软，仿佛靠着木棉花的枕头，裹着野鸭绒的被褥。被压得透不转气来自是没有的事，而使神经略微受点激刺，同喝这么一盏半盏酒似的，不是醉于美德，不是醉于欢爱，不是醉于旁的一切，而醉于暝色之中了。

"暝色入高楼，有人楼上愁。"这醉的滋味就是愁。是怎样的愁呢？这愁不同于夕阳将下淡黄的光懒懒的映在屋半腰树半梢那时候所感觉的。那时候感到一种衰零的情味，莫名地惋惜，莫名地惆怅，扼要称说，当然逃不了一个"愁"字。而在暝色之中，依恋是沉下去了，更无所谓惋惜，驰骛是停止住了，更无所谓惆怅。只有一种微茫的空虚之感，细细碎碎的又似乎无边无外的，在刺着我们的身体，渗入我们的心。这也是愁呀，但不涉困穷，非关离别，侵掠到劳人思妇以外，所以更是原始的，潜在的。在含着上两句的那首词的下半阕有一句道:"何处是归程?"是何处?是何处?实在无所归呵!于是那词人发愁了。

我们想象那"日暮倚修竹"的佳人,她那时候一定不在想身世的遭际和恋爱的问题,等而下之如关于服装饰物那些事情。暝色笼住了她,修竹发出瑟瑟的低音,那种微茫的空虚之感渗入她的任何部分:无所归呵!无所归呵!她只有默默地倚在那里了。

又试念李后主的句子:"独自暮凭阑,无限江山。"江山无限,在苍茫的暝色之中更能体会。但是,归向何处呢?江之东,江之西呢?山之南,山之北呢?全都不是归路,只有一句"无所归呵"的回答!这是李后主当时的愁绪。至于国亡家破之感,他当然是有的,但这时候归于浑忘了。他卸去了彩色斑斓的愁的衣服,看见了赤裸的潜在的原始的愁了。

犹之潸然滴泪的时候,心酸是微微地脉脉地,乍一念起,觉得这是个微妙的境界,其中有说不出的美。暝色之中的愁思正有同样的情形,所以我说它足以吟味。

如其不是独处在那里,旁边伴着的有爱人或挚友,想来也只有默默相对吧。在这样的境界之中,有什么可说呢?有什么可说呢?

在一个边境的站上

戴望舒

夜间十二点半从鲍尔陀开出的急行列车,在侵晨六点钟到了法兰西和西班牙的边境伊隆。在朦胧的意识中,我感到急骤的速率宽弛下来,终于静止了。有人在用法西两国语言报告着:"伊隆,大家下车!"

睁开睡眼向车窗外一看,呈在我眼前的只是一个像法国一切小车站一样的小车站而已。冷清清的月台,两三个似乎还未睡醒的搬运夫,几个态度很舒闲地下车去的旅客。我真不相信我已到了西班牙的边境了,但是一个声音却在更响亮地叫过来:

——"伊隆,大家下车!"

匆匆下了车,我第一个感到的就是有点寒冷。是侵晓的冷气呢，是新秋的薄寒呢，还是从比雷奈山间夹着雾吹过来的山风？我翻起了大氅的领，提着行囊就往出口走。

　　走出这小门就是一间大敞间，里面设着一圈行李检查台和几道低木栅，此外就没有什么别的东西。这是法兰西和西班牙的交界点，走过了这个敞间，那便是西班牙了。我把行李照别的旅客一样地放在行李检查台上，便有一个检查员来翻看了一阵，问我有什么报税的东西，接着在我的提箱上用粉笔划了一个字，便打发我走了。再走上去是护照查验处。那是一个像车站卖票处一样的小窗洞。电灯下面坐着一个留着胡子的中年人。单看他的炯炯有光的眼睛和他手头的那本厚厚的大册子，你就会感到不安了。我把护照递给了他。他翻开来看了看里昂西班牙领事的签字，把护照上的照片看了一下，向我好奇地看了一眼，问我一声到西班牙的目的，把我的姓名录到那本大册子中去，在护照上捺了印；接着，和我最初的印象相反地，他露出微笑来，把护照交还了我，依然微笑着对我说："西班牙是一个可爱的地方，到了那里你会不想回去呢。"

　　真的，西班牙是一个可爱的地方，连这个护照查验员也有他的固有的可爱的风味。

这样地，经过了一重木栅，我踏上了西班牙的土地。

过了这一重木栅，便好像一切都改变了：招纸，揭示牌都有西班牙文写着，那是不用说的，就是刚才在行李检查处和搬运夫用沉浊的法国南部语音开着玩笑的工人型的男子，这时也用清朗的加斯谛略语和一个老妇人交谈起来。天气是显然地起了变化，暗沉沉的天空已澄碧起来，而在云里透出来的太阳，也驱散了刚才的薄寒，而带来了温煦。然而最明显的改变却是在时间上。在下火车的时候，我曾经向站上的时钟望过一眼：六点零一分。检查行李、验护照等事，大概要花去我半小时，那么现在至少是要六点半了吧。并不如此。在西班牙的伊隆站的时钟上，时针明明地标记着五点半，事实是西班牙的时间和法兰西的时间因为经纬度的不同而相差一小时，而当时在我的印象中，却觉得西班牙是永远比法兰西年轻一点。

因为是五点半，所以除了搬运夫和洒扫工役已开始活动外，车站上还是冷清清的。卖票处，行李房，兑换处，书报摊，烟店等都没有开，旅客也疏朗朗地没有几个。这时，除了枯坐在月台的长椅上或在站上往来蹀躞以外，你是没有办法消磨时间的。到蒲尔哥斯的快车要在八点二十分才开。到伊隆镇上去走一圈呢，带着行李究竟不大方便，而且说不定要走多少路，再说，这样大清早就是跑到镇上也是没有什么多大意思的。因此，把行囊散在长椅上，我便在这个边境的车站上踱起来了。

如果你以为这个国境的城市是一个险要的地方，扼守着重兵、活动着国际间谍，压着国家的、军事的大秘密，那么你就错误了。这只是一个消失在比雷奈山边的西班牙的小镇而已。提着筐子，筐子里盛着鸡鸭，或是肩着箱笼，三三两两地来乘第一班火车的，是头上裹着包头布的山村的老妇人，面色黝黑的农民，白了头发的老匠人，像是学徒的孩子。整个西班牙小镇的灵魂都可以在这些小小的人物身上找到。而这个小小的车站，它也何尝不是十足西班牙的呢？灰色的砖石，黯黑的木柱子，已经有点腐蚀了的洋铅遮檐，贴在墙上在风中飘着的斑驳的招纸，停在车站尽头处的破旧的货车：这一切都向你说着西班牙的式微、安命、坚忍。西德（Cid）的西班牙，伺黄（Don Juan）的西班牙，吉诃德（Quixote）的西班牙，大仲马或梅里美心目中的西班牙，现在都已过去了，或者竟可以说本来就没有存在过。

的确，西班牙的存在是多方面的。第一是一切旅行指南和游记中的西班牙,那就是说历史上的和艺术上的西班牙。这个西班牙浓厚地渲染着釉彩,充满了典型人物。在音乐上,绘图上,舞蹈上,文学上,西班牙都在这个面目之下出现于全世界,而做着它的正式代表。一般人对于西班牙的观念,也是由这个代表者而引起的。当人们提起了西班牙的时候,你立刻会想到蒲尔哥斯的大伽蓝,格腊拿达的大食故宫,斗牛,当歌舞(Tango),伺黄式的浪子,吉诃德式的梦想者!塞赖丝谛拿(La Celestina)式的老虔婆,珈尔曼式的吉卜赛女子,扇子、披肩巾、罩在高冠上的遮面纱等等,而勉强西班牙人做了你的想象的受难者;而当你到了西班牙而见不到那些开着悠久的岁月的绣花的陈迹,传说中的人物,以及你心目中的西班牙固有产物的时候,你会感到失望而作"去年白雪今安在"之喟叹。然而你要知道这是最表面的西班牙,它的实际的存在是已经在一片迷茫的烟雾之中,而行将只在书史和艺术作品中赓续它的生命了。西班牙的第二个存在是更卑微一点,更穆静一点。那便是风景的西班牙。的确,在整个欧罗巴洲之中,西班牙是风景最胜最多变化的国家。恬静而笼着雾和阴影的伐斯各尼亚,典雅而充溢着光辉的加斯谛拉,雄警而壮阔的昂达鲁西亚,煦和而明朗的伐朗西亚，会使人"感到心被窃获了"的清澄的喀达鲁涅。在西班牙，我们几乎可以看到欧洲每一个国家的典型。或则草木葱茏，山川明媚；或则大山岃崱，峭壁幽深；或则古堡荒寒，困焦幽独；或则千圜澄碧，百里花香……这都是能使你目不暇接，而至于流连忘返的。这是更有实际的生命，具有易解性（除非是村夫俗子）而容易取好于人的西班牙，因为它开拓了你对于自然之美的爱好之心，而使你衷心地生出一种舒徐的、悠长的、寥寂的默想来，然而最真实的，最深沉的，因而最难以受人了解的却是西班牙的第三个存在。这个存在是西班牙的底奥，它蕴藏着整个西班牙，用一种静默的语言向你说着整个西班牙，代表着它的每日生活，静默至于好像绝灭，可是如果你能够留意观察，用你的小心去理解，那么你可以把握住这个卑微而静默的存在，特别是在那些小城中。这是一个式微的、悲剧的、现实的存在，没有光荣，没有梦想。现在，你在清晨或是午后走进任何一个小城去吧。你在狭窄的小路上，在深深的平静中徘徊着。阳光从静静地闭着门的阳台上坠下来，落着一个砌着碎石的小方场。什么也不来搅扰这寂静；街坊上的叫卖声在远处寂灭了。寺院的钟声已消沉下去了，你穿过小方场，经过一个作坊，一切任何作坊，铁匠的、木匠的或羊毛匠的。你伫立一会儿，看着他们带着那一种的热心、坚忍和爱操作着，你来到一所大屋子前面：半开着的门已朽腐了，门环上满是铁锈，涂着石灰的白墙已经斑驳或生满黑霉了，从门间，你望见了被野草和草苔所侵占了的院子。你当然不推门进去，但是在这墙后面，在这门里面，你会感到有苦痛、沉哀或不遂的愿望静静地躺着。你再走上去，街路上依然是沉静的，一个喷泉淙淙地响着，三两只鸽子振羽作声。一个老妇扶着一个女孩伛偻着走过。寺院的钟迟迟地响起来了，又迟迟地消歇了……这就是最深沉的西班牙，它过着一个寒碜、静默、坚忍而安命的生活，但是它却具有怎样的使人充塞了深深的爱的魅力啊：而这个小小的车站呢，它可不是也将这奥秘的西班牙呈显给我们看了吗？

当我在车站上来往踯躅着的时候，我心中这样地思想着。在不知不觉之中，车站中已渐渐地有生气起来了。卖票处、烟摊、报摊，都已陆续地开了门，从镇上来的旅客们，也开始用他们的嘈杂的语音充满了这个小小的车站了。

我从我的沉思中走了出来，去换了些西班牙钱，到卖票处去买了里程车票，出来买了一份昨天的《太阳报》

（ElSol），一包烟，然后回到安放着我的手提箱的长椅上去。

长椅上已有人坐着了，一个老妇的几个孩子。一个、两个、三个、四个……一共是四个孩子。而且最大的一个十一二岁的孩子，已经在开始一张一张地撕去那贴在我提箱上的各地旅馆的贴纸了。我移开箱子坐了下来。这时候，有两个在我看来很别致的人物出现了。

那是邮差、军人和京戏上所见的文官这三种人物的混合体。他们穿着绿色的制服，佩着剑，头面上却戴着像乌纱帽一般的黑色漆布做的帽子；这制服的色彩和灰暗而笼罩着阴阴的尼斯各尼亚的土地以及这个寒碜的小车站显着一种异样的不调和，那是不用说的；而就是在一身之上，这制服、佩剑和帽子之间，也表现着绝端的不一致。"这是西班牙固有的驳杂的一部分吧。"我这样想。

七点钟了。开到了一列火车，然而这是到桑当德尔（Santander）去的。火车开了，车站一时又清冷起来。要等到八点二十分呢。

我静穆地望着铁轨，目光随着那在初阳之下闪着光的两条铁路的线伸展过去，一直到了迷茫的天际；在那里，我的神思便飘举起来了。

半日的游程

郁达夫

去年有一天秋晴的午后,我因为天气实在好不过,所以就搁下了当时正在赶着写的一篇短篇的笔,从湖上坐汽车驰上了江干。在儿时习熟的海月桥、花牌楼等处闲走了一阵,看看青天,看看江岸,觉得一个人有点寂寞起来了,索性就朝西的直上,一口气便走到了二十几年前曾在那里度过半年学生生活的之江大学的山中。二十年的时间的印迹,居然处处都显示了面形:从前的一片荒山,几条泥路,与夫乱石幽溪,草房藩溷,现在都看不见了。尤其要使人感觉到我老何堪的,是在山道两旁的那一排青青的不凋冬树;当时只同豆苗似的几根小小的树秧,现在竟长成了可以遮蔽风雨,可以掩障烈日的长林。不消说,山腰的平处,这里那里,一所所的轻巧而经济的住宅,也添造了许多;像在画里似的附近山川的大致,虽仍依旧,但校址的周围,变化却竟簇生了不少。第一,从前在大礼堂前的那一丝空地,本来是下临绝谷的半边山道,现在却已将面前的深谷填平,变成了一大球场。大礼堂西北的略高之处,本来是有几枝被朔风摧折得弯腰屈背的老树孤立在那里的,现在却建筑起了三层的图书文库了。二十年的岁月!三千六百日的两倍的七千二百日的日子!以这一短短的时节,来比起天地的悠长来,原不过是像白驹的过隙,但是时间的威力,究竟是绝对的暴君,曾日月之几何,我这一个本在这些荒山野径里驰骋过的毛头小子,现在也竟垂垂老了。

一路上走着看着,又微微地叹着,自山的脚下,走上中腰,我竟费去了三十来分钟的时刻。半山里是一排教员的住宅,我的此来,原因为在湖上在江干孤独得怕了,想来找一位既是同乡,又是同学,而自美国回来之后就在这母校里服务的胡君,和他来谈谈过去,赏赏清秋,并且也可以由他这里来探到一点故乡的消息的。

两个人本来是上下年纪的小学校的同学,虽然在这二十几年中见面的机会不多,但或当暑假,或在异乡,偶尔遇着的时候，却也有一段不能自已的柔情，油然会生起在各个的胸中。我的这一回的突然的袭击，原也不过是想使他惊骇一下，用以加增加增亲热的效力的企图；升堂一见，他果然是被我骇倒了。

"哦！真难得！你是几时上杭州来的？"他惊笑着问我。

"来了已经多日了，我因为想静静儿地写一点东西，所以朋友们都还没有去看过。今天实在天气太好了，在家里坐不住，因而一口气就跑到了这里。"

"好极！好极！我也正在打算出去走走，就同你一道上溪口去吃茶去吧，沿钱塘江到溪口去的一路的风景，实在是不错！"

沿溪入谷，在风和日暖，山近天高的田塍道上，二人慢慢地走着，谈着，走到九溪十八涧的口上的时候，太阳已经斜到了去山不过丈来高的地位了。在溪房的石条上坐落，等茶庄里的老翁去起茶煮水的中间，向青翠还像初春似的四山一看，我的心坎里不知怎么，竟充满了一股说不出的飒爽的清气。两人在路上，说话原已经说得很多了，所以一到茶庄，都不想再说下去，只瞪目坐着，在看四周的山和脚下的水，忽而嘘朔朔朔的一声，在半天里，晴空中一只飞鹰，像霹雳似的叫过了，两山的回音，更缭绕地震动了许多时。我们两人头也不仰起来，只竖起耳朵，在静听着这鹰声的响过。回响过后，两人不期而遇地将视线凑集了拢来，更同时破颜发了一脸微笑，也同时不谋而合地叫了出来说：

"真静啊！"

"真静啊！"

等老翁将一壶茶搬来，也在我们边上的石条上坐下，和我们攀谈了几句之后，我才开始问他说：

"久住在这样寂静的山中，山前山后，一个人也没有得看见，你们倒也不觉得怕的吗？"

"怕啥东西？我们又没有龙连（钱），强盗绑匪，难道肯到孤老院里来讨饭吃的吗？并且春三二月，外国清明，这里的游客，一天也有好几千。冷清的，就只不过这几个月。"

我们一面喝着清茶，一面只在贪味着这阴森得同太古似的山中的寂静，不知不觉，竟把摆在桌上的四碟糕点都吃完了，老翁看了我们的食欲的旺盛，就又推荐着他们自造的西湖藕粉和桂花糖说：

"我们的出品，非但在本省口碑载道，就是外省，也常有信来邮购的，两位先生冲一碗尝尝看如何？"

大约是山中的清气，和十几里路的步行的结果吧，那一碗看起来似鼻涕，吃起来似泥沙的藕粉，竟使我们嚼出了一种意外的鲜味。等那壶龙井芽茶，冲得已无茶味，而我身边带着的一封绞盘牌也只剩了两枝的时节，觉得今天是行得特别快的那轮秋日，早就在西面的峰旁躲去了。谷里虽掩下了一天阴影，而对面东首的山头，还映得金黄浅碧，似乎是山灵在预备去赴夜宴而铺陈着浓妆的样子。我昂起了头，正在赏玩着这一幅以青天为背景的夕照的秋山，忽听见耳旁的老翁以富有抑扬的杭州土音计算着账说：

"一茶，四碟，二粉，五千文！"

我真觉得这一串话是有诗意极了，就回头来叫了一声说：

"老先生！你是在对课呢，还是在作诗？"

他倒惊了起来，张圆了两眼呆视着问我：

"先生你说啥话语？"

"我说，你不是在对课么？三竺六桥，九溪十八涧，你不是对上了'一茶四碟，二粉五千文'了吗？"

说到了这里，他才摇动着胡子，哈哈的大笑了起来，我们也一道笑了。付账起身,向右走上了去理安寺的那条石砌小路,我们俩在山嘴将转弯的时候,三人的呵呵呵呵的大笑的余音,似乎还在那寂静的山腰,寂静的溪口,作不绝如缕的回响。

镀金的学说

萧红

我的伯伯，他是我童年唯一崇拜的人物，他说起话有洪亮的声音，并且他什么时候讲话总关于正理，至少那时候我觉得他的话是严肃的，有条理的，千真万对的。

那年我十五岁，是秋天，无数张叶子落了，回旋在墙根了，我经过北门旁在寒风里号叫着的老榆树，那榆树的叶子也向我打来。可是我抖擞着跑进屋去，我是参加一个邻居姐姐出嫁的筵席回来。一边脱换我的新衣裳，一边同母亲说，那好像同母亲吵嚷一般："妈，真的没有见过，婆家说新娘笨，也有人当面来羞辱新娘，说她站着的姿势不对，生着的姿势不好看，林姐姐一声也不作，假若是我呀！哼！……"

母亲说了几句同情的话，就在这样的当儿，我听清伯父在呼唤我的名字。他的声音是那样低沉，平素我是爱伯父的，可是也怕他，于是我心在小胸膛里边惊跳着走出外房去。我的两手下垂，就连视线也不敢放过去。

"你在那里讲究些什么话？很有趣哩！讲给我听听。"伯父说话的时候，他的眼睛流动笑着，我知道他没有生气，并且我想他很愿意听我讲话。我就高声把那事又说了一遍，我且说且做出种种姿势来。等我说完的时候，我仍欢喜，说完了我把说话时跳打着的手足停下，静等着伯伯夸奖我呢！可是过了很多工夫，伯伯在桌子旁仍写他的文字。

对我好像没有反应，再等一会他对于我的讲话也绝对没有回响。至于我呢，我的小心房立刻感到压迫，我想我的话错在什么地方？话讲的是很流利呀！讲话的速度也算是活泼呀！伯伯好像一块朽木塞住我的咽喉，我愿意快躲开他到别的房中去长叹一口气。

伯伯把笔放下了，声音也跟着来了："你不说假若是你吗？是你又怎么样？你比别人更糟糕，下回少说这一类话！小孩子学着夸大话，浅薄透了！假如是你，你比别人更糟糕，你想你总要比别人高一倍吗？再不要夸口，夸口是最可耻，最没出息。"

我走进母亲的房里时，坐在炕沿我弄着发辫，默不作声，脸部感到很烧很烧。以后我再不夸口了！

伯父又常常讲一些关于女人的服装的意见，他说穿衣服素色最好，不要涂粉，抹胭脂，要保持本来的面目。我常常是保持本来的面目，不涂粉不抹胭脂，也从没穿过花色的衣裳。

后来我渐渐对于古文有趣味，伯父给我讲古文，记得讲到《吊古战场文》那篇，伯父被感动得有些声咽，我到后来竟哭了！从那时起我深深感到战争的痛苦与残忍。大概那时我才十四岁。

又过一年，我从小学卒业就要上中学的时候，我的父亲把脸沉下了！他终天把脸沉下。等我问他的时候，他瞪一瞪眼睛，在地板上走转两圈，必须过半分钟才能给一个答话："上什么中学？上中学在家上吧！"

父亲在我眼里变成一只没有一点热气的鱼类，或者别的不具着情感的动物。

半年的工夫，母亲同我吵嘴，父亲骂我："你懒死啦！不要脸的！"当时我过于气愤了，实在受不住这样一架机器压轧了。我问他，"什么叫不要脸呢？谁不要脸！"听了这话立刻像火山一样暴烈起来。当时我没能看出他头上有火冒也没？父亲满头的发丝一定被我烧焦了吧！那时我是在他的手掌下倒了下来，等我爬起来时，我也没有哭。可是父亲从那时起他感到父亲的尊严是受了一大挫折，也从那时起每天想要恢复他的父权。他想做父亲的更该尊严些，或者加倍的尊严着才能压住子女吧！

可真加倍尊严起来了；每逢他从街上回来，都是黄昏时候，父亲一走到花墙的地方便从喉管做出响动，咳嗽几声啦，或是吐一口痰啦。后来渐渐我听他只是咳嗽而不吐痰，我想父亲一定会感着痰不够用了呢！我想做父亲的为什么必须尊严呢？或者因为做父亲的肚子太清洁？！把肚子里所有的痰都全部吐出来了。

一天天睡在炕上，慢慢我病着了！我什么心思也没有了！一班同学不升学的只有两三个，升学的同学给我来信告诉我，她们打网球，学校怎样热闹，也说些我所不懂的功课。我愈读这样的信，病愈加重点。

老祖父支住拐杖，仰着头，白色的胡子振动着说："叫樱花上学去吧！给她拿火车费，叫她收拾收拾起身吧！小心病坏！"

父亲说："有病在家养病吧，上什么学，上学！"

后来连祖父也不敢向他问了,因为后来不管亲戚朋友,提到我上学的事他都是连话不答,出走在院中。

整整死闷在家中三个季节,现在是正月了。家中大会宾客,外祖母啜着汤食向我说:"樱花,你怎么不吃什么呢?"

当时我好像要流出眼泪来。在桌旁的枕上,我又倒下了!因为伯父外出半年是新回来,所以外祖母向伯父说:"他伯伯,向樱花爸爸说一声,孩子病坏了,叫她上学去吧!"

伯父最爱我,我五六岁时他常常来我家,他从北边的乡村带回来榛子。冬天他穿皮大氅,从袖口把手伸给我,那冰寒的手呀!当他拉住我的手的时候,我害怕挣脱着跑了,可是我知道一定有榛子给我带来,我光着头两手捏耳朵,在院子里我向每个货车夫问:"有榛子没有?榛子没有?"

伯父把我裹在大氅里,抱着我进去,他说:"等一等给你榛子。"

我渐渐长大起来,伯父仍是爱我的,讲故事给我听。买小书给我看,等我入高级,他开始给我讲古文了!有时族中的哥哥弟弟们都唤来,他讲给我们听,可是书讲完他们临去的时候,伯父总是说:"别看你们是男孩子,樱花比你们全强,真聪明。"

他们自然不愿意听了,一个一个退走出去。不在伯父面前他们齐声说:"你好呵!你有多聪明!比我们这一群混蛋强得多。"

男孩子说话总是有点野,我不愿意听,便离开他们了。谁想男孩子们会这样放肆呢?他们扯住我,要打我:"你聪明,能当个什么用?我们有气力,要收拾你。""什么狗屁聪明,来,我们大家伙看看你的聪明到底在哪里!"

伯父当着什么人都夸奖我:"好记力,心机灵快。"

现在一讲到我上学的事,伯父微笑了:"不用上学,家里请个老先生念念书就够了!哈尔滨的女学生们太荒唐。"

外祖母说:"孩子在家里教养好,到学堂也没有什么坏处。"

于是伯父斟了一杯酒,挟了一片香肠放到嘴里,那时我多么不愿看他吃香肠呵!那一刻我是怎样恼烦着他!我讨厌他喝酒用的杯子,我讨厌他上唇生着的小黑髭,也许伯伯没有观察我一下!他又说:"女学生们靠不住,交男朋友啦!恋爱啦!我看不惯这些。"

从那时起伯父同父亲是没有什么区别,变成严凉的石块。

当年,我升学了,那不是什么人帮助我,是我自己向家庭施行的骗术。后一年暑假,我从外回家,我和伯父的中间,总感到一种淡漠的情绪,伯父对我似乎是客气了,似乎是有什么从中间隔离着了!

一天伯父上街去买鱼,可是他回来的时候,筐子是空空的。母亲问:

"怎么!没有鱼吗?"

"哼!没有。"

母亲又问:"鱼贵吗?"

"不贵。"

伯父走进堂屋坐在那里好像幻想着一般,后门外树上满挂着绿的叶子,伯父望着那些无知的叶子幻想,最后他小声唱起,像是有什么悲哀蒙蔽着他了!看他的脸色完全可怜起来。他的眼睛是那样忧烦地望着桌面,母亲说:"哥哥头痛吗?"

伯父似乎不愿回答,摇着头,他走进屋倒在床上,很长时间,他翻转着,扇子他不用来摇风,在他手里乱响。他的手在胸膛上拍着,气闷着,再过一会,他完全安静下去,扇子任意丢在地板,苍蝇落在脸上,也不去搔它。

晚饭桌上,伯父多喝了几杯酒,红着颜面向祖父说:

"菜市上看见王大姐呢！"

王大姐，我们叫她王大姑，常听母亲说："王大姐没有妈，爹爹为了贫穷去为匪，只留这个可怜的孩子住在我们家里。"伯父很多情呢！伯父也会恋爱呢，伯父的屋子和我姑姑们的屋子挨着，那时我的三个姑姑全没出嫁。

一夜，王大姑没有回内房去睡，伯父伴着她哩！

祖父不知这件事，他说："怎么不叫她来家呢？"

"她不来，看样子是很忙。"

"呵！从出了门子总没见过，二十多年了，二十多年了！"

祖父捋着斑白的胡子，他感到自己是老了！

伯父也感叹着："嗳！一转眼，老了！不是姑娘时候的王大姐了！头发白了一半。"

伯父的感叹和祖父完全不同，伯父是痛惜着他破碎的青春的故事。又想一想他婉转着说，说时他神秘的有点微笑："我经过菜市场，一个老太太回头看我，我走过，她仍旧看我。停在她身后，我想一想，是谁呢？过会我说：'是王大姐吗？'她转过身来，我问她：'在本街住吧？'她很忙，要回去烧饭，随后她走了，什么话也没说，提着空筐子走了！"

夜间，全家人都睡了，我偶然到伯父屋里去找一本书，因为对他，我连一点信仰也失去了，所以无言走出。

伯父愿意和我谈话似的："没睡吗？"

"没有。"

隔着一道玻璃门，我见他无聊的样子翻着书和报，枕旁一支蜡烛，火光在起伏。伯父今天似乎是例外，同我讲了好些话，关于报纸上的，又关于什么年鉴上的。他看见我手里拿着一本花面的小书，他问："什么书？"

"小说。"

我不知道他的话是从什么地方说起："言情小说，《西厢》是妙绝，《红楼梦》也好。"

那夜伯父奇怪地向我笑，微微地笑，把视线斜着看住我。我忽然想起白天所讲的王大姑来了，于是给伯父倒一杯茶，我走出房来，让他伴着茶香来慢慢地回味着记忆中的姑娘吧！

我与伯伯的学说渐渐悬殊，因此感情也渐渐恶劣，我想什么给感情分开的呢？我需要恋爱，伯父也需要恋爱。伯父见着他年轻时候的情人痛苦，假若是我也是一样。

那么他与我有什么不同呢？不过伯伯相信的是镀金的学说。

咖啡店

庐隐

橙黄色的火云包笼着繁闹的东京市,烈焰飞腾似的太阳,从早晨到黄昏,一直光顾着我的住房;而我的脆弱的神经,仿佛是林丛里的飞萤,喜欢忧郁的青葱,怕那太厉害的阳光,只要太阳来统领了世界,我就变成了冬令的蛰虫,了无生气。这时只有烦躁疲弱无聊占据了我的全意识界,永不见如春波般的灵感荡漾……呵!压迫下的呻吟,不时打破木然的沉闷。

有时勉强振作,拿一本小说在地席上睡下,打算潜心读两行,但是看不到几句,上下眼皮便不由自主地合拢了。这样昏昏沉沉挨到黄昏,太阳似乎已经使尽了威风,渐渐地偃旗息鼓回去,海风也凑趣般吹了来,我的麻木的灵魂,陡然惊觉了。"呵！好一个苦闷的时间，好像换过了一个世纪！"在自叹自伤的声音里，我从地席上爬了起来，走到楼下自来水管前，把头脸用冷水冲洗以后，一层遮住心灵的云翳遂向苍茫的暮色飞去，眼前现出鲜明的天地河山，久已凝闭的云海也慢慢掀起波浪，于是过去的印象和未来的幻影，便一种种地在心幕上开映起来。

忽然一阵非常刺耳的东洋音乐不住地送来耳边，使听神经起了一阵痉挛。唉！这是多么奇异的音调，不像幽谷里多灵韵的风声，不像丛林里清脆婉转的鸣鸟之声，也不像碧海青崖旁的激越澎湃之声……而只是为衣食而奋斗的劳苦挣扎之声，虽然有时声带颤动得非常婉妙，使街上的行人不知不觉停止了脚步，但这只是好奇，也许还含着些不自然的压迫，发出无告的呻吟，使那些久受生之困厄的人们同样地叹息。

这奇异的声音正是从我隔壁的咖啡店里一个粉面朱唇的女郎樱口里发出来的。那所咖啡店是一座狭小的日本式楼房改造成的，在三四天以前，我就看见一张红纸的广告贴在墙上，上面写着"本咖啡店择日开张"，从那天起，有时看见泥水匠人来洗刷门面，几个年轻精壮的男人布置壁饰和桌椅，一直忙到今天早晨，果然开张了。当我才起来，推开玻璃窗向下看的时候，就见这所咖啡店的门口，两旁放着两张红白夹色纸糊的三角架子，上面各支着一个满缀纸花的华丽的花圈，在门楣上斜插着一枝姿势活泼鲜红色的枫树，沿墙根列着几种松柏和桂花的盆栽，右边临街的窗子垂着淡红色的窗帘，衬着那深咖啡色的墙，真有一种说不出的鲜明艳丽。

在那两个花圈的下端，各缀着一张彩色的广告纸，上面除写着"本店即日开张，欢迎主顾"以外，还有一条写着"本店用女招待"字样。我看到这里，不禁回想到西长安街一带的饭馆门口那些红绿纸写的雇用女招待的广告了。呵！原来东方的女儿都有招徕主顾的神通！

我正出神地想着，忽听见叮叮当当的响声，不免寻声看去，只见街心有两个年轻的日本男人，身上披着红红绿绿仿佛袈裟式的半臂，头上顶着像是凉伞似的一个圆东西，手里拿着铙钹，像戏台上的小丑一般，在街心连敲带唱，扭扭捏捏，怪样难描，原来这就是活动的广告。

他们虽然这样辛苦经营，然而从清晨到中午还不见一个顾客光临，门前除却他们自己做出热闹声外，其余依然是冷清清的。

黄昏到了，美丽的阳光斜映在咖啡店的墙隅，淡红色的窗帘被晚凉的海风吹得飘了起来，隐约可见房里有三个年轻的女人盘膝跪在地席上，对着一面大菱花镜，细细地擦脸、涂粉、画眉、点胭脂，然后袒开前胸，又厚厚地涂了一层白粉，远远看过去真是"肤如凝脂，领如蝤蛴"，然而近看时就不免有石灰墙和泥塑美人之感了。其中有一个是梳着两条辫子的，比较最年轻也最漂亮，在打扮头脸之后，换了一身藕荷色的衣服，腰里拴一条橙黄色白花的腰带，背上驮着一个包袱似的东西，然后款摆着柳条似的腰肢，慢慢下楼来，站在咖啡店的门口，向着来往的行人"巧笑倩兮，美目盼兮"，大施其外交手段。果然没有经过多久，就进去两个穿和服木屐的男人。从此冷清清的咖啡店里骤然笙箫并奏，笑语杂作起来。有时那个穿藕荷色衣服的雏儿唱着时髦的爱情曲儿，灯红酒绿，直闹到深夜兀自不散。而我呢，一双眼的上眼皮和下眼皮简直分不开来，也顾不得看个水落石出。总而言之，想钱的钱到手，赏心的开了心，圆满因果，如是而已，只应合十念一声"善哉"好了，何必神经过敏，发些牢骚，自讨苦趣呢！

杲杲冬日光,
明暖真可爱

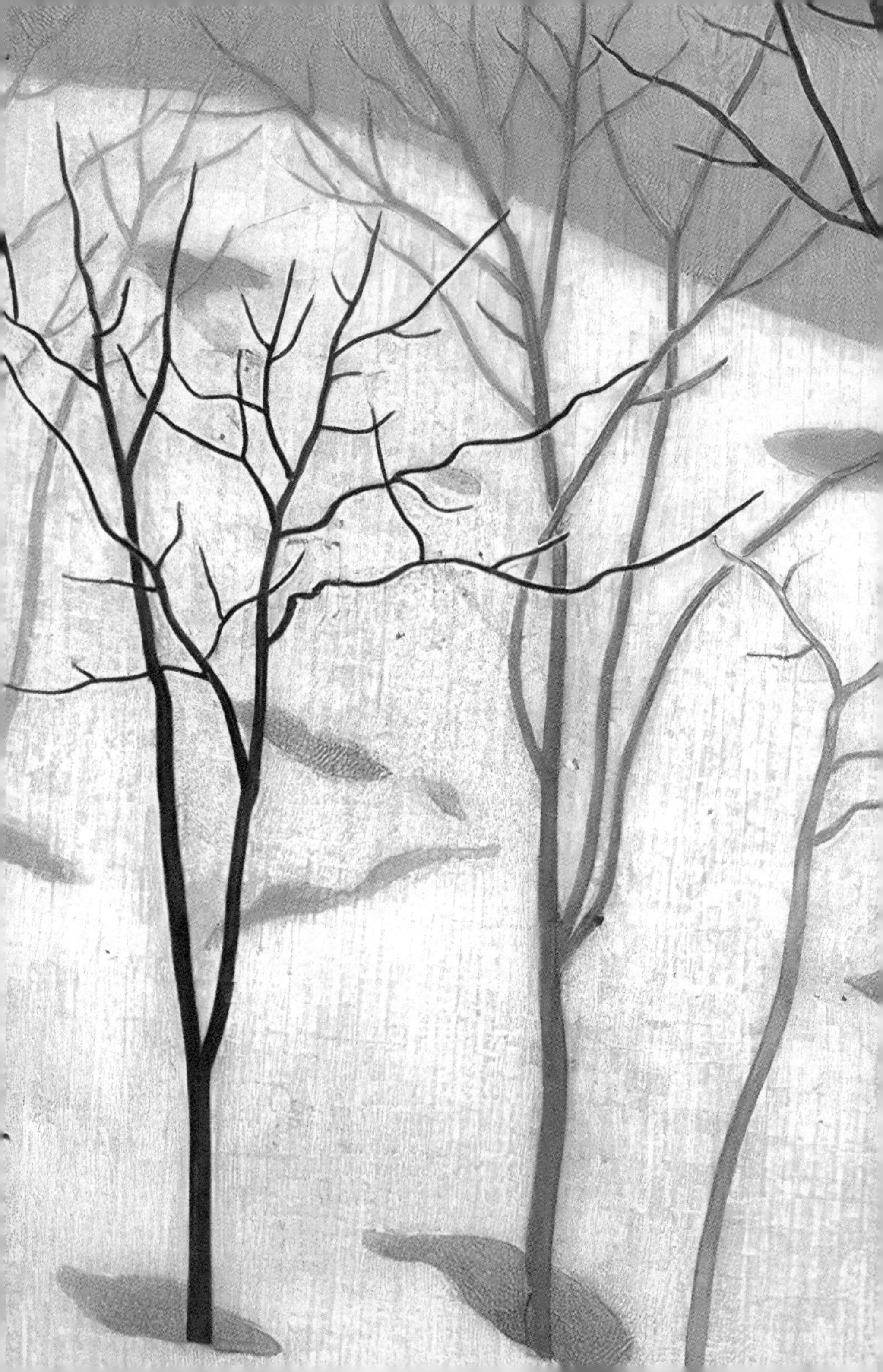

江南的冬景

郁达夫

凡在北国过过冬天的人,总都道围炉煮茗,或吃涮羊肉,剥花生米,饮白干的滋味。而有地炉,暖炕等设备的人家,不管它门外面是雪深几尺,或风大若雷,而躲在屋里过活的两三个月的生活,却是一年之中最有劲的一段蛰居异境;老年人不必说,就是顶喜欢活动的小孩子们,总也是个个在怀恋的,因为当这中间,有的萝卜,雅儿梨等水果的闲食,还有大年夜,正月初一元宵等热闹的节期。

但在江南,可又不同;冬至过后,大江以南的树叶,也不至于脱尽。寒风——西北风——间或吹来,至多也不过冷了一日两日。到得灰云扫尽,落叶满街,晨霜白得像黑女脸上的脂粉似的清早,太阳一上屋檐,鸟雀便又在吱叫,泥地里便又放出水蒸气来，老翁小孩就又可以上门前的隙地里去坐着曝背谈天，营屋外的生涯了；这一种江南的冬景，岂不也可爱得很吗？

我生长江南，儿时所受的江南冬日的印象，铭刻特深；虽则渐入中年，又爱上了晚秋，以为秋天正是读读书，写写字的人的最惠季节，但对于江南的冬景，总觉得是可以抵得过北方夏夜的一种特殊情调，说得摩登些，便是一种明朗的情调。

我也曾到过闽粤，在那里过冬天，和暖原极和暖，有时候到了阴历的年边，说不定还不得不拿出纱衫来着；走过野人的篱落，更还看得见许多杂七杂八的秋花！一番阵雨雷鸣过后，凉冷一点，至多也只好换上一件夹衣，在闽粤之间，皮袍棉袄是绝对用不着的；这一种极南的气候异状，并不是我所说的江南的冬景，只能叫它作南国的长春，是春或秋的延长。

江南的地质丰腴而润泽，所以含得住热气，养得住植物；因而长江一带，芦花可以到冬至而不败，红叶也有时候会保持得三个月以上的生命。像钱塘江两岸的乌桕树，则红叶落后，还有雪白的桕子着在枝头，一点一丛，用照相机照将出来，可以乱梅花之真。草色顶多成了赭色，根边总带点绿意，非但野火烧不尽，就是寒风也吹不倒的。若遇到风和日暖的午后，你一个人肯上冬郊去走走，则青天碧落之下，你不但感不到岁时的肃杀，并且还可以饱觉着一种莫名其妙的含蓄在那里的生气；"若是冬天来了，春天也总马上会来"的诗人的名句，只有在江南的山野里，最容易体会得出。

说起了寒郊的散步，实在是江南的冬日，所给予江南居住者的一种特异的恩惠；在北方的冰天雪地里生长的人，是终他的一生，也绝不会有享受这一种清福的机会的。我不知道德国的冬天，比起我们江浙来如何，但从许多作家的喜欢以Spaziergang一字来做他们的创造题目的一点看来，大约是德国南部地方，四季的变迁，总也和我们的江南差仿不多。譬如说十九世纪的那位乡土诗人洛在格（Peter Rosegger, 1843—1918）吧，他用这一个"散步"做题目的文章尤其写得多，而所写的情形，却又是大半可以拿到中国江浙的山区地方来适用的。

江南河港交流，且又地濒大海，湖沼特多，故空气里时含水分；到得冬天，不时也会下着微雨，而这微雨寒村里的冬霖景象，又是一种说不出的悠闲境界。你试想想，秋收过后,河流边三五家人家会聚在一道的一个小村子里,门对长桥,窗临远阜,这中间又多是树枝槎丫的杂木树林;在这一幅冬日农村的图上,再洒上一层细得同粉也似的白雨,加上一层淡得几不成墨的背景,你说还够不够悠闲?若再要点景致进去,则门前可以泊一只乌篷小船,茅屋里可以添几个喧哗的酒客,天垂暮了,还可以加一味红黄,在茅屋窗中画上一圈暗示着灯光的月晕。人到了这一个境界,自然会得胸襟洒脱起来,终至于得失俱亡,死生不同了;我们总该还记得唐朝那位诗人做的"暮雨潇潇江上村"的一首绝句吧?诗人到此,连对绿林豪客都客气起来了,这不是江南冬景的迷人又是什么?

一提到雨,也就必然地要想到雪:"晚来天欲雪,能饮一杯无?"自然是江南日暮的雪景。"寒沙梅影路,微雪酒香村",则雪月梅的冬宵三友,会合在一道,在调戏酒姑娘了。"柴门村犬吠,风雪夜归人",是江南雪夜,更深人静后的景况。"前树深雪里,昨夜一枝开"又到了第二天的早晨,和狗一样喜欢弄雪的村童来报告村景了。诗人的诗句,也许不尽是在江南所写,而做这几句诗的诗人,也许不尽是江南人,但假了这几句诗来描写江南的雪景,岂不直截了当,比我这一枝愚劣的笔所写的散文更美丽得多?

有几年,在江南也许会没有雨没有雪地过一个冬,到了春间阴历的正月底或二月初再冷一冷下一点春雪的;去年(一九三四)的冬天是如此,今年的冬天恐怕也不得不然,以节气推算起来,大约大冷的日子,将在一九三六年的二月尽头,最多也总不过是七八天的样子。像这样的冬天,乡下人叫作旱冬,对于麦的收成或者好些,但是人口却要受到损伤;旱得久了,白喉,流行性感冒等疾病自然容易上身,可是想恣意享受江南的冬景的人,在这一种冬天,倒只会得到快活一点,因为晴和的日子多了,上郊外去闲步逍遥的机会自然也多;日本人叫作 Hiking,德国人叫作 Spaziergang 狂者,所最欢迎的也就是这样的冬天。

窗外的天气晴朗得像晚秋一样;晴空的高爽,日光的洋溢,引诱得使你在房间里坐不住,空言不如实践,这一种无聊的杂文,我也不再想写下去了,还是拿起手杖,搁下纸笔,上湖上散散步吧!

雪天

萧 红

我直直是睡了一个整天,这使我不能再睡。小屋子渐渐从灰色变做黑色。

睡得背很痛,肩也很痛,并且也饿了。我下床开了灯,在床沿坐了坐,到椅子上坐了坐,扒一扒头发,揉擦两下眼睛,心中感到悠长和无底,好像把我放下一个煤洞去,并且没有灯笼,使我一个人走沉下去。屋子虽然小,在我觉得和一个荒凉的广场样,屋子墙壁离我比天还远,那是说一切不和我发生关系;那是说我的肚子太空了!

一切街车街声在小窗外闹着。可是三层楼的过道非常寂静。每走过一个人,我留意他的脚步声,那是非常响亮的,硬底皮鞋踏过去,女人的高跟鞋更响亮而且焦急,有时成群的响声，男男女女穿插着过了一阵。我听遍了过道上一切引诱我的声音，可是不用开门看，我知道郎华还没回来。

小窗那样高，囚犯住的屋子一般，我仰起头来，看见那一些纷飞的雪花从天空忙乱地跌落，有的也打在玻璃窗片上，即刻就消融了，变成水珠滚动爬行着，玻璃窗被它画成没有意义、无组织的条纹。

我想：雪花为什么要翩飞呢？多么没有意义！忽然我又想：我不也是和雪花一般没有意义吗？坐在椅子里，两手空着，什么也不做；口张着，可是什么也不吃。我十分和一架完全停止了的机器相像。

过道一响，我的心就非常跳，那该不是郎华的脚步？一种穿软底鞋的声音，嚓嚓来近门口，我仿佛是跳起来，我心害怕：他冻得可怜了吧？他没有带回面包来吧？

开门看时，茶房站在那里：

"包夜饭吗？"

"多少钱？"

"每份六角。包月十五元。"

"……"我一点都不迟疑地摇着头，怕是他把饭送进来强迫我吃似的，怕他强迫向我要钱似的。茶房走出，门又严肃地关起来。一切别的房中的笑声,饭菜的香气都断绝了,就这样用一道门,我与人间隔离着。

一直到郎华回来,他的胶皮底鞋擦在门槛,我才止住幻想。茶房手上的托盘,盛着肉饼、炸黄的番薯、切成大片有弹力的面包……

郎华的夹衣上那样湿了,已湿的裤管拖着泥。鞋底通了孔,使得袜也湿了。

他上床暖一暖,脚伸在被子外面,我给他用一张破布擦着脚上冰凉的黑圈。

当他问我时,他和呆人一般,直直的腰也不弯:

"饿了吧?"

我几乎是哭了。我说:"不饿。"为了低头,我的脸几乎接触到他冰凉的脚掌。

他的衣服完全湿透,所以我到马路旁去买馒头。就在光身的木桌上,刷牙缸冒着气,刷牙缸伴着我们把馒头吃完。馒头既然吃完,桌上的铜板也要被吃掉似的。他问我:

"够不够?"

我说:"够了。"我问他:"够不够?"

他也说:"够了。"

隔壁的手风琴唱起来,它唱的是生活的痛苦吗?手风琴凄凄凉凉地唱呀!

登上桌子,把小窗打开。这小窗是通过人间的孔道:楼顶,烟囱,飞着雪沉重而浓黑的天空,路灯,警察,街车,小贩,乞丐,一切显现在这小孔道,繁繁忙忙的市街发着响。

隔壁的手风琴在我们耳里不存在了。

冬天

朱自清

说起冬天，忽然想到豆腐。是一"小洋锅"（铝锅）白煮豆腐，热腾腾的。水滚着，像好些鱼眼睛，一小块一小块豆腐养在里面，嫩而滑，仿佛反穿的白狐大衣。锅在"洋炉子"（煤油不打气炉）上，和炉子都熏得乌黑乌黑，越显出豆腐的白。这是晚上，屋子老了，虽点着"洋灯"，也还是阴暗。围着桌子坐的是父亲跟我们哥儿三个。"洋炉子"太高了，父亲得常常站起来，微微地仰着脸，觑着眼睛，从氤氲的热气里伸进筷子，夹起豆腐，一一地放在我们的酱油碟里。我们有时也自己动手，但炉子实在太高了，总还是坐享其成的多。这并不是吃饭，只是玩儿。父亲说晚上冷，吃了大家暖和些。我们都喜欢这种白水豆腐；一上桌就眼巴巴望着那锅，等着那热气，等着热气里从父亲筷子上掉下来的豆腐。

又是冬天，记得是阴历十一月十六晚上，跟S君P君在西湖里坐小划子。S君刚到杭州教书，事先来信说："我们要游西湖，不管它是冬天。"那晚月色真好，现在想起来还像照在身上。本来前一晚是"月当头"；也许十一月的月亮真有些特别吧。那时九点多了，湖上似乎只有我们一只划子。有点风，月光照着软软的水波；当间那一溜儿反光，像新砑的银子。湖上的山只剩了淡淡的影子。山下偶尔有一两星灯火。S君口占两句诗道："数星灯火认渔村，淡墨轻描远黛痕。"我们都不大说话，只有均匀的桨声。我渐渐地快睡着了。P君"喂"了一下，才抬起眼皮，看见他在微笑。船夫问要不要上净寺去；是阿弥陀佛生日，那边蛮热闹的。到了寺里，殿上灯烛辉煌，满是佛婆念佛的声音，好像醒了一场梦。这已是十多年前的事了，S君还常常通着信，P君听说转变了好几次，前年是在一个特税局里收特税了，以后便没有消息。

在台州过了一个冬天，一家四口子。台州是个山城，可以说在一个大谷里。只有一条二里长的大街。别的路上白天简直不大见人；晚上一片漆黑。偶尔人家窗户里透出一点灯光，还有走路的拿着的火把；但那是少极了。我们住在山脚下。有的是山上松林里的风声，跟天上一只两只的鸟影。夏末到那里，春初便走，却好像老在过着冬天似的；可是即便真冬天也并不冷。我们住在楼上，书房临着大路；路上有人说话，可以清清楚楚地听见。但因为走路的人太少了，间或有点说话的声音，听起来还只当远风送来的，想不到就在窗外。我们是外路人，除上学校去之外，常只在家里坐着。妻也惯了那寂寞，只和我们爷儿们守着。外边虽老是冬天，家里却老是春天。有一回我上街去，回来的时候，楼下厨房的大方窗开着，并排地挨着她们母子三个；三张脸都带着天真微笑地向着我。似乎台州空空的，只有我们四人；天地空空的，也只有我们四人。那时是一九二一年，妻刚从家里出来，满自在。现在她死了快四年了，我却还老记着她那微笑的影子。

　　无论怎么冷，大风大雪，想到这些，我心上总是温暖的。

泰山日出

徐志摩

我们在泰山顶上看出太阳。在航过海的人,看太阳从地平线下爬上来,本不是奇事;而且我个人是曾饱饫过红海与印度洋无比的日彩的。但在高山顶上看日出,尤其在泰山顶上,我们无餍的好奇心,当然盼望一种特异的境界,与平原或海上不同的。果然,我们初起时,天还暗沉沉的,西方是一片的铁青,东方些微有些白意,宇宙只是——如用旧词形容——一体莽莽苍苍的。但这是我一面感觉劲烈的晓寒,一面睡眼不曾十分醒豁时约略的印象。等到留心回览时,我不由得大声地狂叫——因为眼前只是一个见所未见的境界。原来昨夜整夜暴风的工程,却砌成一座普遍的云海。除了日观峰与我们所在的玉皇顶以外,东西南北只是平铺着弥漫的云气。在朝旭未露前，宛似无量数厚毳长绒的绵羊，交颈接背地眠着，卷耳与弯角都依稀辨认得出。那时候在这茫茫的云海中，我独自站在雾霭溟濛的小岛上，发生了奇异的幻想——

我躯体无限的长大，脚下的山峦比例我的身量，只是一块拳石；这巨人披着散发，长发在风里像一面黑色的大旗，飒飒地在飘荡。这巨人竖立在大地的顶尖上，仰面向着东方，平拓着一双长臂，在盼望，在迎接，在催促，在默默地叫唤；在崇拜，在祈祷，在流泪——在流久慕未见而将见悲喜交互的热泪……

这泪不是空流的，这默祷不是不生显应的。

巨人的手，指向着东方——

东方有的，在展露的，是什么？

东方有的是瑰丽荣华的色彩，东方有的是伟大普照的光明——出现了，到了，在这里了……

玫瑰汁，葡萄浆，紫荆液，玛瑙精，霜枫叶——大量的染工，在层累的云底工作，无数蜿蜒的鱼龙，爬进了苍白色的云堆。

一方的异彩，揭去了满天的睡意，唤醒了四隅的明霞——光明的神驹，在热奋地驰骋……

云海也活了；眠熟了兽形的涛澜，又回复了伟大的呼啸，昂头摇尾的向着我们朝露染青馒形的小岛冲洗，激起了四岸的水沫浪花，震荡着这生命的浮礁，似在报告光明与欢欣之临在……

再看东方——海句力士已经扫荡了他的阻碍，雀屏似的金霞，从无垠的肩上产生，展开在大地的边沿。起……起……用力，用力。纯焰的圆颅，一探再探地跃出了地平，翻登了云背，临照在天空……

歌唱呀，赞美呀，这是东方之复活，这是光明的胜利……

散发祷祝的巨人，他的身彩横亘在无边的云海上，已经渐渐的消翳在普遍的欢欣里；现在他雄浑的颂美的歌声，也已在霞彩变幻中，普彻了四方八隅……

听呀，这普彻的欢声；看呀，这普照的光明！

蛛丝和梅花

林徽因

真真地就是那么两根蛛丝,由门框边轻轻地牵到一枝梅花上。就是那么两根细丝,迎着太阳光发亮……再多了,那还像样吗?一个摩登家庭如何能容蛛网在光天白日里作怪,管它有多美丽,多玄妙,多细致,够你对着它联想到一切自然,造物的神工和不可思议处;这两根丝本来就该使人脸红,且在冬天够多特别!可是亮亮的,细细的,倒有点像银,也有点像玻璃制的细丝,委实不算讨厌,尤其是它们那么潇脱风雅,偏偏那样有意无意地斜着搭在梅花的枝梢上。

你向着那丝看,冬天的太阳照满了屋内,窗明几净,每朵含苞的,开透的,半开的梅花在那里挺秀吐香,情绪不禁迷茫缥缈地充溢心胸,在那刹那的时间中振荡。同蛛丝一样地细弱，和不必需，思想开始抛引出去：由过去牵到将来，意识的，非意识的，由门框梅花牵出宇宙，浮云沧波踪迹不定。是人性，艺术，还是哲学，你也无暇计较，你不能制止你情绪的充溢，思想的驰骋，蛛丝梅花竟然是瞬息可以千里！

好比你是蜘蛛，你的周围也有你自织的蛛网，细致地牵引着天地，不怕多少次风雨来吹断它，你不会停止了这生命上基本的活动。此刻，"一枝斜好，幽香不知甚处"……

拿梅花来说吧，一串串丹红的结蕊缀在秀劲的傲骨上，最可爱，最可赏，等半绽将开地错落在老枝上时，你便会心跳！梅花最怕开；开了便没话说。索性残了，沁香拂散同夜里炉火都能成了一种温存的凄清。

记起了，也就是说到梅花，玉兰。初是有个朋友说起初恋时玉兰刚开完，天气每天的暖，住在湖旁，每夜跑到湖边林子里走路，又静坐幽僻石上看隔岸灯火，感到好像仅有如此虔诚地孤对一片泓碧寒星远市，才能把心里情绪抓紧了，放在最可靠最纯净的一撮思想里，始不至亵渎了或是惊着那"寤寐思服"的人儿。那是极年轻的男子初恋的情景——对象渺茫高远，反而近求"自我的"郁结深浅——他问起少女的情绪。

就在这里，忽记起梅花。一枝两枝，老枝细枝，横着，虬着，描着影子，喷着细香；太阳淡淡金色地铺在地板上；四壁琳琅，书架上的书和书签都像在发出言语；墙上小对联记不得是谁的集句；中条是东坡的诗。你敛住气，简直不敢喘息，踮起脚，细小的身形嵌在书房中间，看残照当窗，花影摇曳，你像失落了什么，有点迷惘。又像"怪东风着意相寻"，有点儿没主意！浪漫，极端的浪漫。"飞花满地谁为扫？"你问，情绪风似的吹动，卷过，停留在惜花上面。再回头看看，花依旧嫣然不语。"如此娉婷，谁人解看花意"，你更沉默，几乎热情地感到花的寂寞，开始怜花，把同情统统诗意地交给了花心！

这不是初恋，是未恋，正自觉"解看花意"的时代。情绪的不同，不只是男子和女子有分别，东方和西方也甚有差异。情绪即使根本相同，情绪的象征，情绪所寄托，所栖止的事物却常常不同。水和星子同西方情绪的联系，早就成了习惯。一颗星子在蓝天里闪，一流冷涧倾泻一片幽愁的平静，便激起他们诗情的波涌，心里甜蜜地，热情地便唱着由那些鹅羽的笔锋散下来的"她的眼如同星子在暮天里闪"，或是"明丽如同单独的那颗星，照着晚来的天"，或"多少次了，在一流碧水旁边，忧愁倚下她低垂的脸"。

惜花，解花太东方，亲昵自然，含着人性的细致是东方传统的情绪。

此外年龄还有尺寸，一样是愁，却跃跃似喜，十六岁时的，微风零乱，不颓废，不空虚，踮着理想的脚充满希望，东方和西方却一样。人老了脉脉烟雨，愁吟或牢骚多折损诗的活泼。大家如香山，稼轩，东坡，放翁的白发华发，很少不梗在诗里，至少是令人不快。话说远了，刚说是惜花，东方老少都免不了这嗜好，这倒不论老的雪鬓曳杖，深闺里也就攒眉千度。

最叫人惜的花是海棠一类的"春红"，那样娇嫩明艳，开过了残红满地，太招惹同情和伤感。但在西方即使也有我们同样的花，也还缺乏我们的廊庑庭院。有了"庭院深深深几许"才有一种庭院里特有的情绪。如果李易安的"斜风细雨"底下不是"重门须闭"也就不"萧条"得那样深沉可爱；李后主的"终日谁来"也一样地别有寂寞滋味。看花更须庭院，深深锁在里面认识，不时还得有轩窗栏杆，给你一点凭借，虽然也用不着十二栏杆倚遍，那么慵弱无聊。

当然旧诗里伤愁太多；一首诗竟像一张美的证券，可以照着市价去兑现！所以庭花，乱红，黄昏，寂寞太滥，诗常失却诚实。西洋诗，恋爱总站在前头，或是"忘掉"，或是"记起"，月是为爱，花也是为爱，只使全是真情，也未尝不太腻味。就以两边好的来讲。拿他们的月光同我们的月色比，似乎是月色滋味深长得多。花更不用说了；我们的花"不是预备采下缀成花球，或花冠献给恋人的"，却是一树一树绰约的，个性的，自己立在情人的地位上接受恋歌的。

所以未恋时的对象最自然的是花，不是因为花而起的感慨——十六岁时无所谓感慨——仅是刚说过的自觉解花的情绪，寄托在那清丽无语的上边，你心折它绝韵孤高，你为花动了感情，实说你同花恋爱，也未尝不可——那惊讶狂喜也不减于初恋。还有那凝望，那沉思……

一根蛛丝！记忆也同一根蛛丝，搭在梅花上就由梅花枝上牵引出去，虽未织成密网，这诗意的前后，也就是相隔十几年的情绪的联络。

午后的阳光仍然斜照，庭院阒然，离离疏影，房里窗棂和梅花依然伴和成为图案，两根蛛丝在冬天还可以算为奇迹，你望着它看，真有点像银，也有点像玻璃，偏偏那么斜挂在梅花的枝梢上。

寄燕北故人

庐隐

亲爱的朋友们：

在你们闪烁的灵光里，大约还有些我的影子吧！但我们不见已经四年了，以我的测度你们一定不同从前了，——至少梅姊给我的印影——夕阳下一个倚新坟而凝泪的梅姊，比起那衰草寒烟的梅窟，吃鸡蛋煎菊花的豪情逸兴要两样了。至于轩姊呢，听说愁病交缠，近来更是人比黄花瘦。那么中央公园里，慢步低吟的幽趣，怕又被病魔销尽了！……呵！现在想到隽妹，更使我心惊！我记得我离开燕京的时候，她还睡在医院里，后来虽常常由信里知道她的病终久痊愈了，并且她又生了两个小孩子，但是她活泼的精神和天真的情态，不曾因为病后改变了吗？哎！不过四年短促的岁月中，便有这许多变迁了,谁还敢打开既往的生活史看,更谁敢向那未来的生活上推想!

我自从去年自己害了一场大病,接着又遭人生的大不幸,终日只是被暗愁锁着。无论怎样的环境,都是我滋感之菌,清风明月,苦雨寒窗,我都曾对之泣泪泛澜,去年我不是告诉你们:我伴送涵的灵柩回乡吗?那时我满想将我的未来命运,整个地埋没于闭塞的故乡,权当归真的墟墓吧!但是当我所乘的轮船才到故乡的海岸时,已经给我一个可怕的暗示——一片寒光,深笼碧水。四顾不禁毛发为之悚栗,满不是我意想中足以和暖我战惧灵魂的故乡;及至上了岸,就见家人,约了许多道士,在一张四方木桌上,满插着招魂幡旗,迎冷风而飘扬。只见涵的衰年老父,揾泪长号,和那招魂的磬钹繁响争激。唉!马江水碧,鼓岭云高,渺渺幽冥,究竟何处招魂!徒使劫余的我肝肠俱断。到家门时,更是凄冷鬼境,非复人间。唉!那高举的丧幡,沉沉的白幔,正同五年前我奔母亲丧时的一样刺心伤神。——不过几年之间,我却两度受造物者的宰割。哎!雨打风摧,更经得几番磨折!——再加着故乡中的俚俗囚人,我究竟不过住了半年,又离开故乡了——正是谁念客身轻似叶,千里飘零!

> 去年承你们的盛情约我北去，更续旧游，只恨我胆怯，始终不敢应诺。按说北京是我第二故乡，我七八岁的时候，就和它相亲相近，直到我离开它，其间十八九年，它使我发生对它的好感，实远胜我发源地的故乡。我到北京去，自然是很妥当而适意的了；不过你们应当知道，我为什么不敢去？东交民巷的皎月馨风，万牲园的幽廊斜晖，中央公园的薄霜淡雾，都深深地镂刻着我和涵的往事前尘！我又怎么敢去？怎么忍去！朋友们！你们千里外的故人，原是不中用的呢！不过也不必因此失望，因为近来我似乎又找到新生路了。只要我的灵魂出了牢狱，我便可和你们相见了！

> 我这一次重到上海，得到一个出我意料外的寂静的环境，读书作稿，都用不着等待更深夜静。确是蓼荻绕宅，梧桐当户，荒坟蔓草，白杨晚鸦，而它们萧然地长叹，或冷漠，都给我以莫大的安慰，并且启示我，为俗虑所掩遮的灵光——虽只是很淡薄的灵光，然而我已经似有所悟了。

> 我所住的房子，正对着一片旷野，窗前高列着几棵大树，枝叶繁茂，宿鸟成阵，时时鼓舌如簧，娇啼不绝。我课余无事，每每开窗静听，在它们的快乐声中，常常告诉我，它们是自由的……有时竟觉得，它们在嘲笑我太不自由

了，因为我灵魂永远不曾解放过，我不能离开现实而体察神的隐秘，无论做什么事情，都只能宛转因人，这不是太怯弱了吗？

  有一天我正向窗外凝视，忽然看见几个小孩子，满脸都是污泥，衣服也和他们的脸一样的肮脏，在我们房子左右满了落叶枯枝的草地上，摭拾那落叶枯枝。这时我由不得心里一惊——天寒岁暮了，这些孩子们，捡这枯枝，想来是，燃了取暖。昨天听说这左右发现不少小贼，于是我告诉门房的人，把那些孩子赶了出去，并且还交代小工，将那破损的竹篱笆修修好，不要让闲杂人进来……这自然是我的责任，但是我可对不起那几个圣洁的小灵魂了。我简直是蔑视他们，贼自然是可怕的罪恶，然而我没有用的人，只知道关紧门，不许他们进来，这只图自己的安适，再不为那些不幸的人们着想，这是多么卑鄙的灵魂？除自私之外没有更大的东西了！朋友们：在这灵光一瞥中，我发现了人类的丑恶，所以现在除了不幸的人外，我没有朋友。有许多人，对着某一个不幸的人，虽有时也说可怜，然而只是上下唇及舌头筋肉间的活动，和音带的震响罢了——真是十三分的漠然，或者可以说，其间含着幸灾乐祸的恶意呢？总之一个从来不懂悲哀和痛苦真义的人，要叫他能了解悲哀和痛苦的神秘，未免太不容易！所以朋友们！你们要好好记住，如果你们是有痛苦悲哀的时候，与其对那些不能了解的人诉说，希冀他们予以同情的共鸣，那只是你们的幻想，决不会成事实的。不如闭紧你们的口，眼泪向肚里流要好得多呢。

悲哀才是一种美妙的快感，因为悲哀的纤维，是特别的精细，它无论是触于怎样温柔的玫瑰花朵上，也能明切地感觉到，比起那近于欲的快乐的享受，真是要耐人寻味多了。并且只有悲哀，能与超乎一切的神灵接近。当你用怜悯而伤感的泪眼，去认识神灵的所在，比较你用浮夸的享乐的欲眼时，要高明得多。悲哀诚然是伟大的！

朋友们！你们读我的信到这个地方，总要放下来揣想一下吧！甚或要问这倒是怎么一回事？——想来这个不幸的人，必要被暗愁搅乱了神经，不然为何如此尊崇悲哀和不幸者呢？……要不然这个不幸的人，一定改了前此旷达的心胸，自囿于凄栗之中……呵！朋友们：如果你们如是的怀疑，我可以诚诚实实地告诉你们，这揣想完全错了。我现在的态度，固然是比较从前严肃，然而我却好久不掉眼泪了。看见人家伤心，我仿佛是得到一句隽永的名句，有意义的，耐人寻味的名句。我得到这名句，一面是刻骨子的欣赏，一面又从其中得到慰安。这真是一种灵的认识，从悲哀的历程中，所发现的宝藏。

我前此常常觉得人生，过于单调：青春时互相的爱恋者，一天天平凡地度过去，究竟什么是生命的意义！——有什么无上的价值，完全不明了。现在我仿佛得到神明的诏示，真了解悲哀才有与神接近的机会，才能以鲜红的热血为不幸者牺牲。朋友们！我相信你们中一定有能了解我这话的人，至少梅姊可以和我表同情，是不是？

我自从沦入失望和深愁浸渍的旋涡中，一直总是颓废不振。我常常自危，幸而近来灵光普照，差不多已由颓废的旋涡中扎挣起来了。只要我一旦对于我的灵魂，更能比较地解放，更认识得清楚些，那么那个人的小得失，必不至使我惊心动魄了。

梅姊的近状如何？我记得上半年来信，神气十分萎靡。固然我也知道梅姊的遭遇多苦。但是，我希望梅姊把自己的价值看重些，把自己的责任看大些，像我们这种个人的失意，应该把它稍微靠后些。因为这悲哀造成的世界，本以悲哀为原则，不过有的是可医治的悲哀，有的是不可医治的悲哀。我们的悲哀，是不可医治的根本的烦冤，除非毁灭，是不能使我们与悲哀相脱离。我们只有推广这悲哀的意味，与一切不幸者同运命，我们的悲哀岂不更觉有意义些吗？呵！亲爱的朋友！为了怜悯一个贫病的小孩子而流泪，要比因自己的不幸而流泪，要有意味得多呢！

神实在是不可思议的，所以能够使世界瑰琦灿烂，不可逼视，在这里我要告诉你一件很有趣味的事实。前天下午，我去看星姊，那时美丽的太阳，正射着玫瑰色的玻璃窗上，天边浮动着变幻的浅蓝的飞云。我走到星姊的房间的时候，正静悄悄不听一点声息。后来我开门进去，只见星姊正在摇篮旁用手极轻微地摇着睡在里面的小孩子。我一看，突然感觉到母亲伟大而高远的爱的神光，从星姊的两眸子中流射出来。那真是一朵不可思议的灿烂之花！呵隽妹！我现在能想象你，那温慈的爱欢，正注射着你那可爱的娇儿呢！这真是人间最大慰安吧，无论是怎么痛苦或疲乏的人，只要被母亲的春晖拂照便立刻有了生气。世界上还有比母亲的爱更伟大吗？这正是能牺牲自己而爱，爱她们的孩子，并且又是无所为而爱的呵！母亲的爱是怎样的神圣，也正和为不幸而悲哀同样有意味呢！

现在天气冷了,秋风秋雨一阵紧一阵,燕北彤云,雪意必浓,四境的冷涩,不知又使多少贫苦人惊心骇魄。但愿梅姊用悲哀的更大同情,为他们洗涤创污,隽妹以母亲伟大的温情,为他们的孤零嘘拂。

如果是无甚阻碍,明年暑假,我们定可图一晤。敬祝亲爱的朋友为使灵魂的超越而努力呵!

你们海角的故人书于凄风冷雨之下。

书房的窗子

杨振声

说也可怜,八年抗战归来,卧房都租不到一间,何言书房?既无书房,又何从说到书房的窗子!

唉,先生,你别见笑,叫花子连做梦都在想吃肉,正为没得,才想得厉害,我不但想到书房,连书房里每一个角落,我都布置好。今天又想起了我那书房的窗子。

说起窗子,那真是人类穴居之后一点灵机的闪耀,才发明了它。它给你清风与明月,它给你晴日与碧空,它给你山光与水色,它给你安安静静地坐于窗前,欣赏着宇宙的一切。一句话,它打通与你天然的界限。

窗子的功用,虽是到处一样,而窗子的方向,却有各人的嗜好不同。陆放翁的"一窗晴日写黄庭",大概指的是南窗。我不反对南窗的光明与健康，特别在北方的冬天，南窗放进满屋的晴日，你随便拿一本书坐在窗下取暖，书页上的诗句全浸润在金色的光浪中，你书桌旁若有一盆蜡梅，那就更好。以前在北平只值几毛钱一盆，高三四尺者，亦不过一两元。蜡梅比红梅色雅而秀清，价钱并不比红梅贵多少。那么，就算有一盆蜡梅罢。蜡梅在阳光的照耀下，荡漾着芬芳，把几枝疏脱的影子，漫画在新洒扫的蓝砖地上，如漆墨画。天知道，那是一种清居的享受。

　　东窗的初红里迎着朝暾，你起来开了格扇，放进一屋的清新。朝气洗涤了昨宵一梦的荒唐，使人精神清振，与宇宙万物一体更新。假使你窗外有一株古梅或是海棠，你可以看"朝日红妆"；有海，你可以看"海日生残夜"；一无所有，看朝霞的艳红，再不然，看想象中的邺宫，"晓日靓装千骑女，白樱桃下紫纶巾"。

　　"挂起西窗浪按天"，这样的西窗，不独坡翁喜欢，我们谁都喜欢。然而，西窗的风趣，正不止此，压山的红日徘徊于西窗之际，照出书房里一种透明的宁静。苍蝇的搓脚，微尘的轻游，都带些倦意了。人在一日的劳动后，带着微疲放下工作，舒适地坐下来吃一杯热茶，开窗西望，太阳已隐到山后了。田间小径上，疏落地走着荷锄归来的农夫，隐约听见母牛"哞哞"地唤着小犊同归。山色此时已由微红而深紫，而黝蓝。苍然暮色也渐渐笼上山脚的树林。西天上，独有一缕镶着黄边的白云，冉冉而行。

然而我独喜欢北窗。那就全是光的问题了。

说到光，我有一个偏向，就是不喜欢强烈的光而喜欢清淡的光，不喜欢敞开的光而喜欢隐约的光，不喜欢直接的光而喜欢反射的光。就拿日光来说罢，我不爱中午的骄阳，而爱"晨光之熹微"与落日的古红。纵使光度一样，也觉得一片平原的光海，总不及山阴水曲间光线的隐翳，或枝叶扶疏的树荫下光波的流动。至于反光，更比直光来得委婉。"残夜水明楼"，是那般的清虚可爱；而"明清照积雪"，使你感到满目清晖。

不错，特别是雪的反光。在太阳下是那样霸道，而在月光下却又这般温柔。其实，雪的反光在阴阴天宇下，也蛮有风趣。特别是新雪的早晨，你一醒来，全不知道昨宵降了一夜的雪，只看从纸窗透进满室的虚白，便与平时不同，那白中透出银色的清晖，湿润而匀净，使屋子里平添一番恬静的滋味。披衣起床且不看雪，先掏开那尚未睡醒的炉子，那屋里顿然煦暖。然后再从容揭开窗帘一看，满目皓洁，庭前的枝枝都压垂到地角上了。望望天,还是阴阴的,那就准知道这一天你的屋子会比平常更幽静。

至于拿月光与日光比,我当然更喜欢月光。在月光下,人是那般隐藏,天宇是那般的素净。现实的世界退缩了,想象的世界放大了。我们想象的放大,不也就是我们人格的放大?放大到感染一切时,整个的世界也因而富有情思了。"疏影横斜水清浅,暗香浮动月黄昏",比之"晴雪梅花"更为空灵,更为生动;"无情有恨何人见,月晓风清欲坠时",比之"枝头春意"更富深情与幽思;而"宿妆残粉未明天,每立昭阳花树边",也比"水晶帘下看梳头"更动人怜惜之情。

这里不只是光度的问题,而且是光度影响了态度。强烈的光使我们一切看得清楚,却不必使我们想得明透;使我们有行动的愉悦,却不必使我们有沉思的因缘;使我们像春草一般地向外发展,却不能使我们像夜合一般地向内收敛。强光太使我们与外物接近了,留不得一分想象的距离。而一切文艺的创造,绝不是一些外界事物的推拢,而是事物经过个性的熔冶、范铸出来的作物。强烈的光与一切强有力的东西一样,它压迫我们的个性。

以此,我便爱上了北窗。南窗的光强,固不必说;就是东窗和西窗也不如北窗。北窗放进的光是那般清淡而隐约，反射而不直接。说到反光，当然便到了"窗子以外"了，我不敢想象窗外有什么明湖或青山的反光，那太奢望了。我只希望北窗外有一带古老的粉墙。你说，古老的粉墙？一点不错。最低限度地要老到透出点微黄的颜色；假如可能，古墙上生几片青翠的石斑。这墙不要去窗太近，太近则逼仄，使人心狭；也不要太远，太远便不成为窗子屏风；去窗一丈五尺左右便好。如此，古墙上的光辉反射在窗下的桌上，润泽而淡白，不带一分逼人的霸气。这种清光，绝不会侵凌你的幽静，也不会扰乱你的运思。它与清晨太阳未出以前的天光，及太阳初下，夕露未滋，湖面上的水光，同是一样的清幽。

假如，你嫌这样的光太朴素了些，那你就在墙边种上一行疏竹。有风，你可以欣赏它婆娑的舞容；有月，窗上迷离的，是潇潇的竹影；有雨，它给你平添一番清凄；有雪，那素洁，那清劲，确是你清寂中的佳友。即使无月无风，无雨无雪，红日半墙，竹荫微动，掩映于你书桌上的清晖，泛出一片青翠，几纹波痕，那般的生动而空灵。你书桌上满写着清新的诗句，你坐在那儿，纵使不读书也"要得"。

北平的零食小贩

梁实秋

北平人馋。馋,据字典说是"贪食也",其实不只是贪食,是贪食各种美味之食。美味当前,固然馋涎欲滴,即使闲来无事,馋虫亦在咽喉中抓挠,迫切地需要一点什么以膏馋吻。三餐时固然希望膏粱罗列,任我下箸,三餐以外的时间也一样地想馋嚼,以锻炼其咀嚼筋。看鹭鸶的长颈都有一点羡慕,因为颈长可以享受更多的徐徐下咽之感,此谓之馋,"馋"字在外国语中无适当的字可以代替,所以讲到馋,真"不足为外人道"。有人说北平人之所以特别馋,是由于当年的八旗弟子游手好闲的太多,闲就要生事,在吃上打主意自然也是可以理解的。所以各式各样的零食小贩便应运而生,自晨至夜逡巡于大街小巷之中。

北平小贩的吆喝声是很特殊的。我不知道这与评剧有无关系，其抑扬顿挫，变化颇多，有的豪放如唱大花脸，有的沉闷如黑头，又有的清脆如生旦，在白昼给浩浩欲沸的市声平添不少情趣，在夜晚又给寂静的夜带来一些凄凉。细听小贩的呼声，则有直譬，有隐喻，有时竟像谜语一般耐人寻味，而且他们的吆喝声，数十年如一日，不曾有过改变。我如今闭目沉思，北平零食小贩的呼声俨然在耳，一个个地如在目前。现在让我就记忆所及，细细数说。

首先让我提起"豆汁"。绿豆渣发酵后煮成稀汤，是为豆汁，淡草绿色而又微黄，味酸而又带一点霉味，稠稠的，混混的，热热的。佐以辣咸菜，即"棺材板"切细丝，加芹菜梗、辣椒丝或末。有时亦备较高级之酱菜，如酱萝卜、酱黄瓜之类，但反不如辣咸菜之可口。午后啜三两碗，愈吃愈辣，愈辣愈喝，愈喝愈热，终至大汗淋漓，舌尖麻木而止。北平城里人没有不嗜豆汁者，但一出城则豆渣只有喂猪的份，乡下人没有喝豆汁的。外省人居住北平三二十年往往不能养成喝豆汁的习惯。能喝豆汁的人才算是真正的北平人。

其次是"灌肠"。后门桥头那一家的大灌肠，是真的猪肠做的，遐迩驰名，但嫌油腻。小贩的灌肠虽有肠之名，实则并非肠，仅具肠形，一条条的以芡粉为主所做成的橛子，切成不规则形的小片，放在平底大油锅上煎炸，炸得焦焦的，蘸蒜盐汁吃。据说那油不是普通油，是从作坊里从马肉等熬出来的油，所以有这一种怪味。单闻那种油味，能把人恶心死，但炸出来的灌肠，喷香！

从下午起有沿街叫卖"面筋哟！"者，你喊他时须喊"卖熏鱼儿的！"他来到你的门口打开他的背盒由你拣选时却主要的是猪头肉。除猪头肉的脸子、双皮、口条之外还有脑子、肝、肠、苦肠、心头、蹄筋等等，外带着别有风味的干硬的火烧。刀口上手艺非凡，从夹板缝里抽出一把飞薄的刀，横着削切，把猪头肉切得其薄如纸，塞在那火烧里食之，熏味扑鼻！这种卤味好像不能登大雅之堂，但是在煨煮熏制中有特殊的风味，离开北平便尝不到。

薄暮后有叫卖羊头肉者，刀板器皿刷洗得一尘不染，切羊脸子是他的拿手，切得真薄，从一只牛角里撒出一些特制的胡盐。北平的羊好，有浓厚的羊味，可又没有浓厚到膻的地步。

也有推着车子卖"烧羊脖子烧羊肉"的。烧羊肉是经过煮和炸两道手续的，除肉之外还有肚子和卤汤。在夏天佐以黄瓜、大蒜，是最好的下面之物。推车卖的不及街上羊肉铺所发售的，但慰情聊胜于无。

北平的"豆腐脑"，异于川湘的豆花，是哆里哆嗦的软嫩豆腐，上面浇一勺卤，再加蒜泥。

"老豆腐"另是一种东西，是把豆腐煮出了蜂窠，加芝麻酱、韭菜末、辣椒等佐料，热乎乎的连吃带喝亦颇有味。

北平人做的"烫面饺"不算一回事，真是举重若轻、叱咤立办。你喊三十饺子，不大的工夫就给你端上来了，一个个包得细长齐整、又俊又俏。

斜尖的炸豆腐，在花椒盐水里煮得泡泡的，有时再羼进几个粉丝做的炸丸子，放进一点辣椒酱，也算是一味很普通的零食。

馄饨何处无之？北平挑担卖馄饨的却有他的特点。馄饨本身没有什么异样，由筷子头拨一点肉馅，往三角皮子上一抹就是一个馄饨。特殊的是那一锅肉骨头熬的汤别有滋味，谁家也不会把那么多的烂骨头煮那么久。

一清早卖点心的很多，最普通的是烧饼、油鬼。北平的烧饼主要的有四种：芝麻酱烧饼、螺丝转、马蹄、驴蹄，各有千秋。芝麻酱烧饼，外省仿造者都不像样，不是太薄就是太厚，不是太大就是太小，总是不够标准。螺丝转儿最好是和"甜浆粥"一起用，要夹小圆圈油鬼。马蹄儿只有薄薄的两层皮，宜加圆泡的甜油鬼。驴蹄儿又小又厚，不要油鬼做伴。北平油鬼，不叫油条，因为根本不作长条状，主要的只有两种，四个圆泡连在一起的是甜油鬼，小圆圈的油鬼是咸的，炸得特焦，夹在烧饼里，一按咔嚓一声。离开北平的人没有不想念那种油鬼的。外省的油条，虚泡囊肿，不够味，要求炸焦一点也不行。

"面茶"在别处没见过。真正的一锅浆糊，炒面熬的，盛在碗里之后，在上面用筷子蘸着芝麻酱撒满一层，唯恐洒得太多似的。味道好吗？至少是很怪。

卖"三角馒头"的永远是山东老乡。打开蒸笼布，热腾腾的各样蒸食，如糖三角、混糖馒头、豆沙包、蒸饼、红枣蒸饼、高庄馒头，听你拣选。

"杏仁茶"是北平的好，因为杏仁出在北方，提味的是那少数几颗苦杏仁。

豆类做出的吃食可多了，首先要提"豌豆糕"。小孩子一听打糖锣的声音很少有不怦然心动的。卖豌豆糕的人有一把手艺，他会把一块豌豆泥捏成各式各样的东西，他可以听你的吩咐捏一把茶壶，壶盖、壶把、壶嘴俱全，中间灌上黑糖水，还可以一杯一杯地往外倒。规模大一点的是荷花盆，真有花有叶，盆里灌黑糖水。最简单的是用模型翻制小饼，用芝麻做馅。后来还有"仿膳"的伙计出来做这一行生意，善用豌豆泥制各式各样的点心，大八件、小八件，什么卷酥喇嘛糕、枣泥饼花糕，五颜六色，应有尽有，惟妙惟肖。

"豌豆黄"之下街卖者是粗的一种，制时未去皮，加红枣，切成三尖形矗立在案板上。实际上比铺子卖的较细地放在纸盒里的那种要有味得多。

"热芸豆"有红白二种，普通的吃法是用一块布挤成一个豆饼，可甜可咸。

"烂蚕豆"是俟蚕豆发芽后加五香、大料煮成，烂到一挤即出。

"铁蚕豆"是把蚕豆炒熟，其干硬似铁。牙齿不牢者不敢轻试，但亦有酥皮者，较易嚼。

夏季雨后，照例有小孩提着竹篮，赤足蹚水而高呼"干香豌豆"，咸滋滋的也很好吃。

"豆腐丝"，粗糙如豆腐渣，但有人拌葱卷饼而食之。

"豆渣糕"是芸豆泥做的，作圆球形，蒸食，售者以竹筷插之，一插即是两颗，加糖及黑糖水食之。

"蹭儿糕"，是米面填木碗中蒸之，嗞嗞作响，顷刻而熟。

"浆米藕"是老藕孔中填糯米，煮熟切片加糖而食之。挑子周围经常环绕着馋涎欲滴的小孩子。

北平的"酪"是一项特产，用牛奶凝冻而成，夏日用冰镇，凉香可口，讲究一点的酪在酪铺发售，沿街贩卖者亦不恶。

"白薯"（即南人所谓"红薯"），有三种吃法，初秋街上喊"栗子味儿的！"者是干煮白薯，细细小小的，一根根地放在车上卖。稍后喊"锅底儿热和！"者为带汁的煮白薯，块头较大，亦较甜。此外是烤白薯。

"老玉米"（即玉蜀黍）初上市时，也有煮熟了在街上卖的。对于城市中人，这也是一种新鲜滋味。

沿街卖的"粽子"，包得又小又俏，有加枣的，有不加枣的，摆在盘子里齐整可爱。

北平没有汤圆，只有"元宵"，到了元宵季节，街上有叫卖煮元宵的。袁世凯称帝时，曾一度禁称元宵，因与"袁消"二字音同，改称汤圆，可嗤也。

糯米团子加豆沙馅，名曰"爱窝"或"爱窝窝"。

黄米面做的"切糕"，有加红豆的，有加红枣的，卖时切成斜块，插以竹签。

菱角是小的好，所以北平小贩卖的是小菱角，有生有熟，用剪去刺，当中剪开。很少卖大的红菱者。

"老鸡头"即芡实。生者为刺囊状，内含芡实数十颗，熟者则为圆硬粒，须敲碎食其核仁。

供儿童以糖果的，从前是"打糖锣"的，后又有卖"梨糕"的，此外如"吹糖人"的、卖"糖杂面"的，都经常徘徊于街头巷尾。

"爬糕""凉粉"都是夏季平民食物，又酸又辣。

"驴肉"，听起来怪骇人的，其实切成大片瘦肉，也很好吃。是否有骆驼肉、马肉混在其中，我不敢说。

担着大铜茶壶满街跑的是卖"茶汤"的，用开水一冲，即可调成一碗茶汤，和铺子里的八宝茶汤或牛髓茶固不能比，但亦颇有味。

"油炸花生仁"是用马油炸的，特别酥脆。

北平"酸梅汤"之所以特别好，是因为使用冰糖，并加玫瑰、木樨、桂花之类。信远斋的最合标准，沿街叫卖的便徒有其名了，而且加上天然冰亦颇有碍卫生。卖酸梅汤的普通兼带"玻璃粉"及小瓶用玻璃球做盖的汽水。"果子干"也是重要的一项副业，用杏干、柿饼、鲜藕煮成。"玫瑰枣"也很好吃。

冬天卖"糖葫芦"，裹麦芽糖或糖稀的不太好，蘸冰糖的才好吃。各种原料皆可制糖葫芦，惟以"山里红"为正宗。其他如海棠、山药、山药豆、杏干、核桃、荸荠、橘子、葡萄、金橘等均佳。

北地苦寒，冬夜特别寂静，令人难忘的是那卖"水萝卜"的声音，"萝卜——赛梨——辣了换！"那红绿萝卜，多汁而甘脆，切得又好，对于北方煨在火炉旁边的人特别有沁人心脾之效。这等萝卜，别处没有。

有一种内空而瘪的小花生，大概是拣选出来的不够标准的花生，炒焦了之后，其味特香，远在白胖的花生之上，名曰"抓空儿"，亦冬夜的一种点缀。

夜深时往往听到沉闷而迟缓的"硬面饽饽"声，有光头、凸盖、镯子等，亦可充饥。

水果类则四季不绝的应世，诸如：三白的大西瓜、蛤蟆酥、羊角蜜、老头儿乐、鸭儿梨、小白梨、肖梨、糖梨、烂酸梨、沙果、苹果、虎拉车、杏、桃、李、山里红、柿子、黑枣、嘎嘎枣、老虎眼大酸枣、荸荠、海棠、葡萄、莲蓬、藕、樱桃、桑葚、槟子……不可胜举，都在沿门求售。

  以上约略举说，只就记忆所及，挂漏必多。而且数十年来，北平也正在变动，有些小贩由式微而没落，也有些新的应运而生，比我长一辈的人所见所闻可能比我要丰富些，比我年轻的人可能遇到一些较新鲜而失去北平特色的事物。总而言之，北平是在向新颖而庸俗方面变，在零食小贩上即可窥见一斑。如今呢，这些小贩，还能保存一二与否，恐怕在不可知之数了。但愿我的回忆不是永远地成为回忆！

最是动人情意处，
闲着中庭栀子花

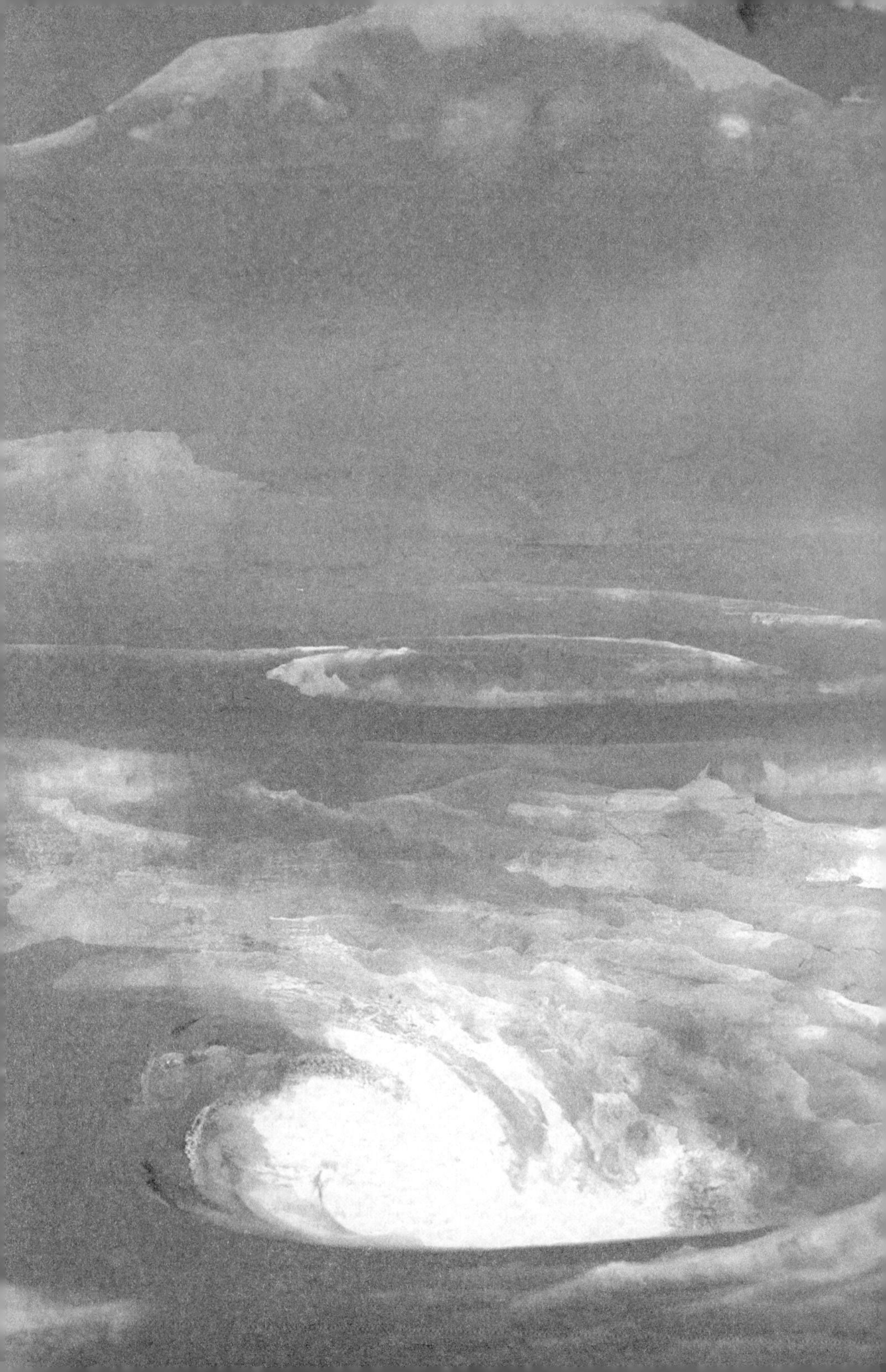

社戏

鲁迅

我在倒数上去的二十年中,只看过两回中国戏,前十年是绝不看,因为没有看戏的意思和机会,那两回全在后十年,然而都没有看出什么来就走了。

第一回是民国元年我初到北京的时候,当时一个朋友对我说,北京戏最好,你不去见见世面么?我想,看戏是有味的,而况在北京呢。于是都兴致勃勃地跑到什么园,戏文已经开场了,在外面也早听到咚咚地响。我们挨进门,几个红的绿的在我的眼前一闪烁,便又看见戏台下满是许多头,再定神四面看,却见中间也还有几个空座,挤过去要坐时,又有人对我发议论,我因为耳朵已经喤喤地响着了,用了心,才听到他是说"有人,不行!"

我们退到后面,一个辫子很光的却来领我们到了侧面,指出一个地位来。这所谓地位者,原来是一条长凳,然而他那坐板比我的上腿要挟到四分之三,他的脚比我的下腿要长过三分之二。我先是没有爬上去的勇气,接着便联想到私刑拷打的刑具,不由得毛骨悚然地走出了。

走了许多路,忽听得我的朋友的声音道,"究竟怎的?"我回过脸去,原来他也被我带出来了。他很诧异地说,"怎么总是走,不答应?"我说,"朋友,对不起,我耳朵只在咚咚喤喤地响,并没有听到你的话。"

后来我每一想到,便很以为奇怪,似乎这戏太不好,——否则便是我近来在戏台下不适于生存了。

第二回忘记了那一年,总之是募集湖北水灾捐而谭叫天还没有死。捐法是两元钱买一张戏票,可以到第一舞台去看戏,扮演的多是名角,其一就是小叫天。我买了一张票,本是对于劝募人聊以塞责的,然而似乎又有好事家乘机对我说了些叫天不可不看的大法要了。我于是忘了前几年的咚咚喤喤之灾,竟到第一舞台去了,但大约一半也因为重价购来的宝票,总得使用了才舒服。我打听得叫天出台是迟的,而第一舞台却是新式构造,用不着争座位,便放了心,延宕到九点钟才出去，谁料照例，人都满了，连立足也难，我只得挤在远处的人丛中看一个老旦在台上唱。那老旦嘴边插着两个点火的纸捻子，旁边有一个鬼卒，我费尽思量，才疑心他或者是目连的母亲，因为后来又出来了一个和尚。然而我又不知道那名角是谁，就去问挤小在我的左边的一位胖绅士。他很看不起似的斜瞥了我一眼，说道，"龚云甫！"我深愧浅陋而且粗疏，脸上一热，同时脑里也制出了决不再问的定章，于是看小旦唱，看花旦唱，看老生唱，看不知什么角色唱，看一大班人乱打，看两三个人互打，从九点多到十点，从十点到十一点，从十一点到十一点半，从十一点半到十二点，——然而叫天竟还没有来。

我向来没有这样忍耐的等候过什么事物，而况这身边的胖绅士的吁吁的喘气，这台上的咚咚喤喤的敲打，红红绿绿的晃荡，加之以十二点，忽而使我省悟到在这里不适于生存了。我同时便机械地拧转身子，用力往外只一挤，觉得背后便已满满的，大约那弹性的胖绅士早在我的空处胖开了他的右半身了。我后无回路，自然挤而又挤，终于出了大门。街上除了专等看客的车辆之外，几乎没有什么行人了，大门口却还有十几个人昂着头看戏目，别有一堆人站着并不看什么，我想：他们大概是看散戏之后出来的女人们的，而叫天却还没有来……

然而夜气很清爽，真所谓"沁人心脾"，我在北京遇着这样的好空气，仿佛这是第一遭了。

这一夜，就是我对于中国戏告了别的一夜，此后再没有想到他，即使偶尔经过戏园，我们也漠不相关，精神上早已一在天之南一在地之北了。

但是前几天，我忽在无意之中看到一本日本文的书，可惜忘记了书名和著者，总之是关于中国戏的。其中有一篇，大意仿佛说，中国戏是大敲，大叫，大跳，使看客头昏脑涨，很不适于剧场，但若在野外散漫的所在，远远的看起来，也自有他的风致。我当时觉着这正是说了在我意中而未曾想到的话，因为我确记得在野外看过很好的好戏，到北京以后的连进两回戏园去，也许还是受了那时的影响哩。可惜我不知道怎么一来，竟将书名忘却了。

至于我看那好戏的时候，却实在已经是"远哉遥遥"的了，其时恐怕我还不过十一二岁。我们鲁镇的习惯，本来是凡有出嫁的女儿，倘自己还未当家，夏间便大抵回到母家去消夏。那时我的祖母虽然还康健，但母亲也已分担了些家务，所以夏期便不能多日的归省了，只得在扫墓完毕之后，抽空去住几天，这时我便每年跟了我的母亲住在外祖母的家里。那地方叫平桥村，是一个离海边不远，极偏僻的，临河的小村庄；住户不满三十家，都种田，打鱼，只有一家很小的杂货店。但在我是乐土：因为我在这里不但得到优待，又可以免念"秩秩斯干幽幽南山"了。

和我一同玩的是许多小朋友，因为有了远客，他们也都从父母那里得了减少工作的许可，伴我来游戏。在小村里，一家的客，几乎也就是公共的。我们年纪都相仿，但论起行辈来，却至少是叔子，有几个还是太公，因为他们合村都同姓，是本家。然而我们是朋友，即使偶尔吵闹起来，打了太公，一村的老老小小，也决没有一个会想出"犯上"这两个字来，而他们也百分之九十九不识字。

我们每天的事情大概是掘蚯蚓，掘来穿在铜丝做的小钩上，伏在河沿上去钓虾。虾是水世界里的呆子，决不惮用了自己的两个钳捧着钩尖送到嘴里去的，所以不半天便可以钓到一大碗。这虾照例是归我吃的。其次便是一同去放牛，但或者因为高等动物了的缘故罢，黄牛水牛都欺生，敢于欺侮我，因此我也总不敢走近身，只好远远地跟着，站着。这时候，小朋友们便不再原谅我会读"秩秩斯干"，却全都嘲笑起来了。

至于我在那里所第一盼望的，却在到赵庄去看戏。赵庄是离平桥村五里的较大的村庄；平桥村太小，自己演不起戏，每年总付给赵庄多少钱，算作合做的。当时我并不想到他们为什么年年要演戏。现在想，那或者是春赛，是社戏了。

就在我十一二岁时候的这一年，这日期也看看等到了。不料这一年真可惜，在早上就叫不到船。平桥村只有一只早出晚归的航船是大船，绝没有留用的道理。其余的都是小船，不合用；央人到邻村去问，也没有，早都给别人定下了。外祖母很气恼，怪家里的人不早定，絮叨起来。母亲便宽慰伊，说我们鲁镇的戏比小村里的好得多，一年看几回，今天就算了。只有我急得要哭，母亲却竭力的嘱咐我，说万不能装模装样，怕又招外祖母生气，又不准和别人一同去，说是怕外祖母要担心。

总之，是完了。到下午，我的朋友都去了，戏已经开场了，我似乎听到锣鼓的声音，而且知道他们在戏台下买豆浆喝。

这一天我不钓虾,东西也少吃。母亲很为难,没有法子想。到晚饭时候,外祖母也终于觉察了,并且说我应当不高兴,他们太怠慢,是待客的礼数里从来所没有的。吃饭之后,看过戏的少年们也都聚拢来了,高高兴兴的来讲戏。只有我不开口;他们都叹息而且表同情。忽然间,一个最聪明的双喜大悟似的提议了,他说,"大船?八叔的航船不是回来了吗?"十几个别的少年也大悟,立刻撺掇起来,说可以坐了这航船和我一同去。我高兴了。然而外祖母又怕都是孩子们,不可靠;母亲又说是若叫大人一同去,他们白天全有工作,要他熬夜,是不合情理的。在这迟疑之中,双喜可又看出底细来了,便又大声地说道,"我写包票!船又大;迅哥儿向来不乱跑;我们又都是识水性的!"

　　诚然!这十多个少年,委实没有一个不会凫水的,而且两三个还是弄潮的好手。

　　外祖母和母亲也相信,便不再驳回,都微笑了。我们立刻一哄地出了门。

　　我的很重的心忽而轻松了,身体也似乎舒展到说不出的大。一出门,便望见月下的平桥内泊着一只白篷的航船,大家跳下船,双喜拔前篙,阿发拔后篙,年幼的都陪我坐在舱中，较大的聚在船尾。母亲送出来吩咐"要小心"的时候，我们已经点开船，在桥石上一磕，退后几尺，即又上前出了桥。于是架起两支橹，一支两人，一里一换，有说笑的，有嚷的，夹着潺潺的船头激水的声音，在左右都是碧绿的豆麦田地的河流中，飞一般径向赵庄前进了。

两岸的豆麦和河底的水草所发散出来的清香，夹杂在水汽中扑面地吹来；月色便朦胧在这水汽里。淡黑的起伏的连山，仿佛是踊跃的铁的兽脊似的，都远远地向船尾跑去了，但我却还以为船慢。他们换了四回手，渐望见依稀的赵庄，而且似乎听到歌吹了，还有几点火，料想便是戏台，但或者也许是渔火。

那声音大概是横笛，宛转，悠扬，使我的心也沉静，然而又自失起来，觉得要和他弥散在含着豆麦蕴藻之香的夜气里。

那火接近了，果然是渔火；我才记得先前望见的也不是赵庄。那是正对船头的一丛松柏林，我去年也曾经去游玩过，还看见破的石马倒在地下，一个石羊蹲在草里呢。过了那林，船便弯进了汊港，于是赵庄便真在眼前了。

最惹眼的是屹立在庄外临河的空地上的一座戏台，模糊在远处的月夜中,和空间几乎分不出界限,我疑心画上见过的仙境,就在这里出现了。这时船走得更快,不多时,在台上显出人物来,红红绿绿的动,近台的河里一望乌黑的是看戏的人家的船篷。

"近台没有什么空了,我们远远地看吧。"阿发说。

这时船慢了,不久就到,果然近不得台旁,大家只能下了篙,比那正对戏台的神棚还要远。其实我们这白篷的航船,本也不愿意和乌篷的船在一处,而况并没有空地呢……

在停船的匆忙中,看见台上有一个黑的长胡子的背上插着四张旗,捏着长枪,和一群赤膊的人正打仗。双喜说,那就是有名的铁头老生,能连翻八十四个筋斗,他日里亲自数过的。

我们便都挤在船头上看打仗,但那铁头老生却又并不翻筋斗,只有几个赤膊的人翻,翻了一阵,都进去了,接着走出一个小旦来,咿咿呀呀地唱。双喜说,"晚上看客少,铁头老生也懈了,谁肯显本领给白地看呢?"我相信这话对,因为其时台下已经不很有人,乡下人为了明天的工作,熬不得夜,早都睡觉去了,疏疏朗朗地站着的不过是几十个本村和邻村的闲汉。乌篷船里的那些土财主的家眷固然在,然而他们也不在乎看戏，多半是专到戏台下来吃糕饼水果和瓜子的。所以简直可以算白地。

然而我的意思却也并不在乎看翻筋斗。我最愿意看的是一个人蒙了白布，两手在头上捧着一支棒似的蛇头的蛇精，其次是套了黄布衣跳老虎。但是等了许多时都不见，小旦虽然进去了，立刻又出来了一个很老的小生。我有些疲倦了，托桂生买豆浆去。他去了一刻，回来说，"没有。卖豆浆的聋子也回去了。日里倒有，我还喝了两碗呢。现在去舀一瓢水来给你喝吧。"

我不喝水，支撑着仍然看，也说不出见了些什么，只觉得戏子的脸都渐渐的有些稀奇了，那五官渐不明显，似乎融成一片的再没有什么高低。年纪小的几个多打呵欠了，大的也各管自己谈话。忽而一个红衫的小丑被绑在台柱子上，给一个花白胡子的用马鞭打起来了，大家才又振作精神地笑着看。在这一夜里，我以为这实在要算是最好的一折。

然而老旦终于出台了。老旦本来是我所最怕的东西，尤其是怕他坐下了唱。这时候，看见大家也都很扫兴，才知道他们的意见是和我一致的。那老旦当初还只是踱来踱去地唱，后来竟在中间的一把交椅上坐下了。我很担心；双喜他们却就破口喃喃地骂。我忍耐地等着，许多工夫，只见那老旦将手一抬，我以为就要站起来了，不料他却又慢慢地放下在原地方，仍旧唱。全船里几个人不住地呼气，其余的也打起呵欠来。双喜终于熬不住了，说道，怕他会唱到天明还不完，还是我们走的好吧。大家立刻都赞成，和开船时候一样踊跃，三四人径奔船尾，拔了篙，点退几丈，回转船头，架起橹，骂着老旦，又向那松柏林前进了。

月还没有落，仿佛看戏也并不很久似的，而一离赵庄，月光又显得格外的皎洁。回望戏台在灯火光中，却又如初来未到时候一般，又缥缈得像一座仙山楼阁，满被红霞罩着了。吹到耳边来的又是横笛，很悠扬；我疑心老旦已经进去了，但也不好意思说再回去看。

不多久，松柏林早在船后了，船行也并不慢，但周围的黑暗只是浓，可知已经到了深夜。他们一面议论着戏子，或骂，或笑，一面加紧地摇船。这一次船头的激水声更其响亮了，那航船，就像一条大白鱼背着一群孩子在浪花里蹿，连夜渔的几个老渔父，也停了艇子看着喝彩起来。

离平桥村还有一里模样，船行却慢了，摇船的都说很疲乏，因为太用力，而且许久没有东西吃。这回想出来的是桂生，说是罗汉豆正旺相，柴火又现成，我们可以偷一点来煮吃的。大家都赞成，立刻近岸停了船；岸上的田里，乌油油的便都是结实的罗汉豆。

"阿阿，阿发，这边是你家的，这边是老六一家的，我们偷那一边的呢？"双喜先跳下去了，在岸上说。

我们也都跳上岸。阿发一面跳，一面说道，"且慢，让我来看一看罢，"他于是往来地摸了一回，直起身来说道，"偷我们的罢，我们的大得多呢。"一声答应，大家便散开在阿发家的豆田里，各摘了一大捧，抛入船舱中。双喜以为再多偷，倘给阿发的娘知道是要哭骂的，于是各人便到六一公公的田里又各偷了一大捧。

我们中间几个年长的仍然慢慢地摇着船，几个到后舱去生火，年幼的和我都剥豆。不久豆熟了，便任凭航船浮在水面上，都围起来用手撮着吃。吃完豆，又开船，一面洗器具，豆荚豆壳全抛在河水里，什么痕迹也没有了。双喜所虑的是用了八公公船上的盐和柴，这老头子很细心，一定要知道，会骂的。然而大家议论之后，归结是不怕。他如果骂，我们便要他归还去年在岸边拾去的一枝枯柏树，而且当面叫他"八癞子"。

"都回来了！那里会错。我原说过写包票的！"双喜在船头上忽而大声地说。

我向船头一望，前面已经是平桥。桥脚上站着一个人，却是我的母亲，双喜便是对伊说着话。我走出前舱去，船也就进了平桥了，停了船，我们纷纷都上岸。母亲颇有些生气，说是过了三更了，怎么回来得这样迟，但也就高兴了，笑着邀大家去吃炒米。

大家都说已经吃了点心，又瞌睡，不如及早睡的好，各自回去了。

第二天，我向午才起来，并没有听到什么关系八公公盐柴事件的纠葛，下午仍然去钓虾。

"双喜，你们这班小鬼，昨天偷了我的豆了吧？又不肯好好地摘，踏坏了不少。"我抬头看时，是六一公公棹着小船，卖了豆回来了，船肚里还有剩下的一堆豆。

"是的。我们请客。我们当初还不要你的呢。你看，你把我的虾吓跑了！"双喜说。

六一公公看见我，便停了楫，笑道，"请客？——这是应该的。"于是对我说，"迅哥儿，昨天的戏可好吗？"

我点一点头，说道，"好。"

"豆可中吃呢？"

我又点一点头，说道，"很好。"

不料六一公公竟非常感激起来，将大拇指一翘，得意地说道，"这真是大市镇里出来的读过书的人才识货！我的豆种是粒粒挑选过的，乡下人不识好歹，还说我的豆比不上别人的呢。我今天也要送些给我们的姑奶奶尝尝去……"他于是打着楫子过去了。

待到母亲叫我回去吃晚饭的时候，桌上便有一大碗煮熟了的罗汉豆，就是六一公公送给母亲和我吃的。听说他还对母亲极口夸奖我，说"小小年纪便有见识，将来一定要中状元。姑奶奶，你的福气是可以写包票的了。"但我吃了豆，却并没有昨夜的豆那么好。

真的，一直到现在，我实在再没有吃到那夜似的好豆，——也不再看到那夜似的好戏了。

无题（因为没有故事）

老舍

人是为明天活着的，因为记忆中有朝阳晓露；假若过去的早晨都似地狱那么黑暗丑恶，盼明天干吗呢？是的，记忆中也有痛苦危险，可是希望会把过去的恐怖裹上一层糖衣，像看着一出悲剧似的，苦中有些甜美。无论怎说吧，过去的一切都不可移动；实在，所以可靠；明天的渺茫全仗昨天的实在撑持着，新梦是旧事的拆洗缝补。

对了，我记得她的眼。她死了好多年了，她的眼还活着，在我的心里。这对眼睛替我看守着爱情。当我忙得忘了许多事，甚至于忘了她，这两只眼会忽然在一朵云中，或一汪水里，或一瓣花上，或一线光中，轻轻地一闪，像归燕的翅儿，只需一闪，我便感到无限的春光。我立刻就回到那梦境中，哪一件小事都凄凉，甜美，如同独自在春月下踏着落花。

这双眼所引起的一点爱火，只是极纯的一个小火苗，像心中的一点晚霞，晚霞的结晶。它可以烧明了流水远山，照明了春花秋叶，给海浪一些金光，可是它恰好的也能在我心中，照明了我的泪珠。

它们只有两个神情：一个是凝视，极短极快，可是千真万确的是凝视。只微微的一看，就看到我的灵魂，把一切都无声地告诉了给我。凝视，一点也不错，我知道她只需极短极快的一看，看的动作过去了，极快地过去了，可是，她心里看着我呢，不定看多么久呢；我到底得管这叫作凝视，不论它是多么快，多么短。一切的诗文都用不着，这一眼道尽了"爱"所会说的与所会作的。另一个是眼珠横着一移动，由微笑移动到微笑里去，在处女的尊严中笑出一点点被爱逗出的轻佻，由热情中笑出一点点无法抑制的高兴。

我没和她说过一句话，没握过一次手，见面连点头都不点。可是我的一切，她知道；她的一切，我知道。我们用不着看彼此的服装，用不着打听彼此的身世，我们一眼看到一粒珍珠，藏在彼此的心里；这一点点便是我们的一切，那些七零八碎的东西都是配搭，都无需注意。看我一眼，她低着头轻快地走过去，把一点微笑留在她身后的空气中，像太阳落后还留下一些明霞。

我们彼此躲避着，同时彼此愿马上搂抱在一处。我们轻轻地哀叹；忽然遇见了，那么凝视一下，登时欢喜起来，身上像减了分量，每一步都走得轻快有力，像要跳起来的样子。

我们极愿意过一句话，可是我们很怕交谈，说什么呢？哪一个日常的俗字能道出我们的心事呢？让我们不开口，永不开口吧！我们的对视与微笑是永生的，是完全的，其余的一切都是破碎微弱，不值得一作的。

我们分离有许多年了，她还是那么秀美，那么多情，在我的心里。她将永远不老，永远只向我一个人微笑。在我的梦中，我常常看见她，一个甜美的梦是最真实，是纯洁，最完美的。多少多少人生中的小困苦小折磨使我丧气，使我轻看生命。可是，那个微笑与眼神忽然地从哪儿飞来，我想起唯有"人面桃花相映红"差可托拟的一点心情与境界，我忘了困苦，我不再丧气，我恢复了青春；无疑的，我在她的洁白的梦中，必定还是个美少年呀。

春在燕的翅上,把春光颤得更明了一些,同样,我的青春在她的眼里,永远使我的血温暖,像土中的一颗籽粒,永远想发出一个小小的绿芽。一粒小豆那么小的一点爱情,眼珠一移,嘴唇一动,日月都没有了作用,到无论什么时候,我们总是一对刚开开的春花。

不要再说什么,不要再说什么!我的烦恼也是香甜的呀,因为她那么看过我!

敬悼许地山先生

老舍

地山是我的最好的朋友。以他的对种种学问好知喜问的态度,以他的对生活各方面感到的趣味,以他的对朋友的提携辅导的热诚,以他的对金钱利益的淡薄,他绝不像个短寿的人。每逢当我看见他的笑脸,握住他的柔软而戴着一个翡翠戒指的手,或听到他滔滔不断地讲说学问或故事的时候,我总会感到他必能活到八九十岁,而且相信若活到八九十岁,他必定还能像年轻的时候那样有说有笑,还能那样说干什么就干什么,永不驳回朋友的要求,或给朋友一点难堪。

地山竟自会死了——才将快到五十的边儿上吧。

他是我的好友。可是,我对于他的身世知道地并不十分详细。不错,他确是告诉过我许多关于他自己的事情;可是，大部分都被我忘掉了。一来是我的记性不好；二来是当我初次看见他的时候，我就觉得"这是个朋友"，不必细问他什么；即使他原来是个强盗，我也只看他可爱；我只知道面前是个可爱的人，就是一点也不晓得他的历史，也没有任何关系！况且，我还深信他会活到八九十岁呢。让他讲那些有趣的故事吧，让他说些对种种学术的心得与研究方法吧；至于他自己的历史，忙什么呢？等他老年的时候再说给我听，也还不迟啊！

可是，他已经死了！

我知道他是福建人。他的父亲作过台湾的知府——说不定他就生在台湾。他有一位舅父，是个很有才而后来作了不十分规矩的和尚的。由这位舅父，他大概自幼就接近了佛说，读过不少的佛经。还许因为这位舅父的关系，他曾在仰光一带住过，给了他不少后来写小说的资料。他的妻早已死去，留下一个小女孩。他手上的翡翠戒指就是为纪念他的亡妻的。从英国回到北平，他续了弦。这位太太姓周，我曾在北平和青岛见到过。

以上这一点：事实恐怕还有说得不十分正确的地方，我的记性实在太坏了！记得我到牛津去访他的时候，他告诉了我为什么老戴着那个翡翠戒指；同时，他说了许许多多关于他的舅父的事。是的，清清楚楚的我记得他由述说这位舅父而谈到禅宗的长短，因为他老人家便是禅宗的和尚。可是，除了这一点，我把好些极有趣的事全忘得一干二净；后悔没把它们都笔记下来！

我认识地山，是在二十年前了。那时候，我的工作不多，所以常到一个教会去帮忙，作些"社会服务"的事情。地山不但常到那里去，而且有时候住在那里，因此我认识了他。我呢，只是个中学毕业生，什么学识也没有。可是地山在那时候已经在燕大毕业而留校教书，大家都说他是个很有学问的青年。初一认识他，我几乎不敢希望能与他为友，他是有学问的人哪！可是，他有学问而没有架子，他爱说笑话，村的雅的都有；他同我去吃八个铜板十只的水饺，一边吃一边说，不一定说什么，但总说得有趣。我不再怕他了。虽然不晓得他有多大的学问，可是的确知道他是个极天真可爱的人了。一来二去，我试着步去问他一些书本上的事；我生怕他不肯告诉我，因为我知道有些学者是有这样脾气的：他可以和你交往，不管你是怎样的人；但是一提到学问，他就不肯开口了；不是他不肯把学问白白送给人，便是不屑于与一个没学问的人谈学问——他的神态表示出来,跟你来往已是降格相从,至于学问之事,哈哈……但是,地山绝对不是这样的人。他愿意把他所知道的告诉人,正如同他愿给人讲故事。他不因为我向他请教而轻视我,而且也并不板起面孔表示他有学问。和谈笑话似的,他知道什么便告诉我什么,没有矜持,没有厌倦,叫我佩服他的学识,而仍认他为好友。学问并没有毁坏了他的为人,像那些气焰千丈的"学者"那样,他对我如此,对别人也如此;在认识他的人中,我没有听到过背地里指摘他,说他不够个朋友的。

不错,朋友们也有时候背地里讲究他;谁能没有些毛病呢。可是,地山的毛病只是朋友们又气又笑的那一种,绝无损于他的人格。他不爱写信。你给他十封信,他也未见得答复一次;偶尔回答你一封,也只是几个奇形怪状的字,写在一张随手拾来的破纸上。我管他的字叫作鸡爪体,真是难看。这也许是他不愿写信的原因之一吧?另一毛病是不守时刻。口头的或书面的通知,何时开会或何时集齐,对他绝不发生作用。只要他在图书馆中坐下,或和友人谈起来,就不用再希望他还能看看钟表。所以,你设若不亲自拉他去赴会就约,那就是你的过错;他是永远不记着时刻的。

一九二四年初秋,我到了伦敦,地山已先我数日来到。他是在美国得了硕士学位,再到牛津继续研究他的比较宗教学的;还未开学,所以先在伦敦住几天,我和他住在了一处。他正用一本中国小商店里用的粗纸账本写小说,那时节,我对文艺还没有发生什么兴趣,所以就没大注意他写的是哪一篇。几天的工夫,他带着我到城里城外玩耍,把伦敦看了一个大概。地山喜欢历史,对宗教有多年的研究,对古生物学有浓厚的兴趣。由他领着逛伦敦,是多么有趣、有益的事呢!同时,他绝对不是"月亮也是外国的好"的那种留学生。说真的,他有时候过火的厌恶外国人。因为要批判英国人,他甚至于连英国人有礼貌,守秩序,和什么喝汤不准出响声,都看成愚蠢可笑的事。因此,我一到伦敦,就借着他的眼睛看到那古城的许多宝物,也看到它那阴暗的一方面,而不至糊糊涂涂的断定伦敦的月亮比北平的好了。

不久,他到牛津去入学。暑假寒假中,他必到伦敦来玩几天。"玩"这个字,在这里,用得很妥当,又不很妥当。当他遇到朋友的时候,他就忘了自己:朋友们说怎样,他总不驳回。去到东伦敦买黄花木耳,大家作些中国饭吃?好!去逛动物园?好!玩扑克牌?好!他似乎永远没有忧郁，永远不会说"不"。不过，最好还是请他闲扯。据我所知道的，除各种宗教的研究而外，他还研究人学、民俗学、文学、考古学；他认识古代钱币，能鉴别古画，学过梵文与巴利文。请他闲扯，他就能——举个例说——由男女恋爱扯到中古的禁欲主义，再扯到原始时代的男女关系。他的故事多书本上的佐证也丰富。他的话一会儿低降到贩夫走卒的俗野，一会儿高飞到学者的深刻高明。他谈一整天并无倦容，大家听一天也不感疲倦。

不过，你不要让他独自溜出去。他独自出去，不是到博物院，必是入图书馆。一进去，他就忘了出来。有一次，在上午八九点钟，我在东方学院的图书馆楼上发现了他。到吃午饭的时候，我去唤他，他不动。一直到下午五点，他才出来，还是因为图书馆已到关门的时间的缘故。找到了我，他不住地喊"饿"，是啊，他已饿了十点钟。在这种时节，"玩"字是用不得的。

牛津不承认他的美国的硕士学位，所以他须花二年的时光再考硕士。他的论文是法华经的介绍，在预备这本论文的时候，他还写了一篇相当长的文章，在世界基督教大会（？）上去宣读。这篇文章的内容是介绍道教。在一般的浮浅传教士心里，中国的佛教与道教不过是与非洲黑人或美洲红人所信的原始宗教差不多。地山这篇文章使他们闻所未闻，而且得到不少宗教学学者的称赞。

他得到牛津的硕士。假若他能继续住二年，他必能得到文学博士——最荣誉的学位。论文是不成问题的，他能于很短的期间预备好。但是，他必须再住二年；校规如此，不能变更。他没有住下去的钱，朋友们也不能帮助他。他只好以硕士为满意，而离开英国。

在他离英以前，我已试写小说。我没有一点自信心，而他又没工夫替我看看。我只能抓着机会给他朗读一两段。听过了几段，他说"可以，往下写吧！"这，增多了我的勇气。他的文艺意见，在那时候，仿佛是偏重于风格与情调；他自己的作品都多少有些传奇的气息，他所喜爱的作品也差不多都是浪漫派的。他的家世，他的在南洋的经验，他的旧文学的修养，他的喜研究学问而又不忍放弃文艺的态度，和他自己的生活方式，我想，大概都使他倾向着浪漫主义。

单说：他的生活方式吧。我不相信他有什么宗教的信仰，虽然他对宗教有深刻的研究，可是，我也不敢说宗教对他完全没有影响。他的言谈举止都像个诗人。假若把"诗人"按照世俗的解释从他的生活中发展起来，他就应当有很古怪奇特的行动与行为。但是，他并没作过什么怪事。他明明知道某某人对他不起，或是知道某某人的毛病，他仍然是一团和气，以朋友相待。他不会发脾气。在他的嘴里，有时候是乱扯一阵，可是他的私生活是很严肃的，他既是诗人，又是"俗"人。为了读书，他可以忘了吃饭。但一讲到吃饭，他却又不惜花钱。他并不孤高自赏。对于衣食住行他都有自己的主张，可是假若别人喜欢，他也不便固执己见。他能过很苦的日子。在我初认识他的几年中，他的饭食与衣服都是极简单朴俭。他结婚后，我到北平去看他，他的住屋衣服都相当讲究了。也许是为了家庭间的和美，他不便于坚持己见吧。虽然由破夏布裤子换为整齐的绫罗大衫，他的脱口而出的笑话与戏谑还完全是他，一点也没改。穿什么，吃什么，他仿佛都能随遇而安，无所不可。在这里和在其他的好多地方，他似乎受佛教的影响较基督教的为多，虽然他是在神学系毕业，而且也常去作礼拜。他像个禅宗的居士，而绝不能成为一个清教徒。

不但亲戚朋友能影响他，就是不相识而偶然接触的人也能临时的左右他。有一次，我在"家"里，他到伦敦城里去干些什么。日落时,他回来了,进门便笑,而且不住地摸他的刚刚刮过的脸。我莫名其妙。他又笑了一阵。"教理发匠挣去两镑多!"我吃了一惊。那时候,在伦敦理发普通是八个便士,理发带刮脸也不过是一个先令,"怎能花两镑多呢?"原来是理发匠问他什么,他便答应什么,于是用香油香水洗了头,电气刮了脸,还不得用两镑多吗?他绝想不起那样打扮自己,但是理发匠的钱罐是不能驳回的!

自从他到香港大学任事,我们没有会过面,也没有通过信;我知道他不喜欢写信,所以也就不写给他。抗战后,为了香港文协分会的事,我不能不写信给他了,仍然没有回信。可是,我准知道,信虽没来,事情可是必定办了。果然,从分会的报告和友人的函件中,我晓得了他是极热心会务的一员。我不能希望他按时回答我的信,可是我深信他必对分会卖力气,他是个极随便而又极不随便的人,我知道。

我自己没有学问,不能妥切的道出地山在学术上的成就何如。我只知道,他极用功,读书很多,这就值得钦佩,值得效法。对文艺,我没有什么高明的见解,所以不敢批评地山的作品。但是我晓得,他向来没有争过稿费,或恶意的批评过谁。这一点,不但使他能在香港文协分会以老大哥的身份德望去推动会务，而且在全国文艺界的团结上也有重大的作用。

是的，地山的死是学术界文艺界的极重大的损失！至于谈到他与我私人的关系，我只有落泪了；他既是我的"师"，又是我的好友！

啊，地山！你记得给我开的那张"佛学入门必读书"的单子吗？你用功，也希望我用功；可是那张单子上的六十几部书，到如今我一部也没有读啊！

你记得给我打电报，叫我到济南车站去接周校长[1]吗？多么有趣的电报啊！知道我不认识她，所以你教她穿了黑色旗袍，而电文是："×日×时到站接黑衫女"！当我和妻接到黑衫女的时候，我们都笑得闭不上口啊。朋友，你托友好做一件事，都是那样有风趣啊！啊，昔日的趣事都变成今日的泪源。你怎可以死呢！

不能再往下写了……

---

[1] 周校长，即许地山夫人的妹妹。

子恺的画

叶圣陶

　　推算起来大概是一九二五年的秋天，那时子恺在立达学园教西洋绘画，住在江湾。那一天振铎和愈之拉我到他家里去看他新画的画。画都没有装裱，用图钉别在墙壁上，一幅挨一幅的，布满了客堂的三面墙壁。是个相当简陋而又非常丰富的个人画展。

　　有许多幅，画题是一句诗或者一句词，像《卧看牵牛织女星》《翠拂行人首》《无言独上西楼》，等等。有两幅，我至今还如在眼前。一幅是《今夜故人来不来，教人立尽梧桐影》。画面上有梧桐，有站在树下的人，耐人寻味的是斜拖在地上的长长的影子。另一幅是《人散后，一钩新月天如水》。画的是廊下栏杆旁的一张桌子，桌子上凌乱地放着茶壶茶杯。帘子卷着，天上只有一弯新月。夜深了，夜气凉了，乘凉聊天的人散了——画面表现的正是这些画不出来的情景。

此外的许多幅都是从现实生活中取材的，画孩子的特别多。记得有一幅《阿宝赤膊》，两条胳膊交叉护在胸前，只这么几笔，就把小女孩的不必要的娇羞表现出来了。还有一幅《花生米不满足》，后来佩弦谈起过，说看了那孩子争多嫌少的神气，使他想起了"惫懒的儿时"。其实描写出内心的"不满足"的，也只是眼睛眉毛寥寥的几笔。

此外还有些什么，我记不清了；当时看画的还有谁，也记不清。大家看着墙壁上的画说各自的看法，有时也发生一些争辩。子恺谢世后我写过一首怀念他的诗，有一句"漫画初探招共斟"，记的就是那一天的事。"共斟"是共同斟酌研讨，并不是说在子恺家里喝了酒。总之，大家都赞赏子恺的画，并且怂恿他选出一部分来印一册画集，那就是一九二五年底出版的《子恺漫画》。

那一天的欢愉是永远值得怀念的。子恺的画开辟了一个新的境界，给了我一种不曾有过的乐趣。这种乐趣超越了形似和神似的鉴赏，而达到相与会心的感受。就拿以诗句为题材的画来说吧,以前读这首诗这阕词的时候,心中也曾泛起过一个朦胧的意境,正是子恺的画笔所抓住的。而在他,不是什么朦胧的了,他已经用极其简练的笔墨,把那个意境表现在他的画幅上了。

从现实生活中取材的那些画,同样引起我的共鸣。有些事物我也曾注意过,可是转眼就忘记了;有些想法我也曾产生过,可是一会儿就丢开,不再去揣摩了。子恺却有非凡的能力把瞬间的感受抓住,经过提炼深化,把它永远保留在画幅上,使我看了不得不引起深思。

隔了一年多,子恺的第二本画集出版了,书名直截了当,就叫《子恺画集》。记得这第二本全都从现实生活取材,不再有诗句词句的题材了。当时我想过,这样也好,诗词是古代人写的,画得再好,终究是古代人的思想感情。"旧瓶"固然可以"装新酒",那可不是容易的事,弄得不好就会落入旧的窠臼。现实生活中可画的题材多得很,尤其是子恺,他非常善于抓住瞬间的感受,正该从这方面舒展他的才能。

佩弦的意见跟我差不多,他在《子恺画集》的跋文中说:"本集索性专载生活的速写,却觉精彩更多。"他称赞的《瞻瞻的车》和《阿宝两只脚,凳子四只脚》,这几幅都是我非常喜欢的。还有佩弦提到的《东洋和西洋》和《教育》，我也认为非常有意思。《东洋和西洋》画一个大出丧的行列，开路的扛着"肃静""回避"的行牌，来到十字路口，让指挥交通的印度巡捕给拦住，横路上正有汽车开过——东方的和西方的，封建的和殖民地的，在十字路口碰头了，真是耐人深思的一瞬间啊！《教育》画的是一个工匠在做泥人，他板着脸，把一团一团泥使劲往模子里按，按出来的是一式一样的泥人。是不是还有人在认真地做这个工匠那样的工作呢？直到现在，还值得我们深刻反省。

　　第二本画集里还有好些幅工整的钢笔画。其中的《挑荠菜》《断线鹞》《卖花女》，曾经引起当时在北京的佩弦对江南的怀念。我想，要是我再看这些幅画，一定会像佩弦一样怀念起江南、怀念起儿时来。扉页上还有一幅钢笔画，画一个蜘蛛网，粘着许多花瓣儿，中央却坐着一个人。扉页背面印上了两句古人的词："檐外蛛丝网落花，也要留春住。"这样看来，蜘蛛网中央的人就是子恺自己了。他大概要说明，他画这些画，无非为了留住一些刹那间的感受。我连带想到，近来受了各方面的督促，常常要写些回忆老朋友的诗文，这就有点儿像子恺画在蜘蛛网中央的那个人了。

感情的碎片

萧红

近来觉得眼泪常常充满着眼睛,热的,它们常常会使我的眼围发烧。然而它们一次也没有滚落下来,有时候它们站到了眼毛的尖端,闪耀着玻璃似的液体,每每在镜子里面看到。

一看到这样的眼睛,又好像回到了母亲死的时候。母亲并不十分爱我,但也总算是母亲。她病了三天了,是七月的末梢,许多医生来过了,他们骑着白马,坐着二轮车,但那最高的一个,他用银针在母亲的腿上刺了一下,他说:

"血流则生,不流则亡。"

我确确实实看到那针孔是没有流血,只是母亲的腿上凭空多了一个黑点。

医生和别人都退了出去,他们在堂屋里议论着。我背向了母亲,我不再看她腿上的黑点,我站着。

"母亲就要没有了吗?"我想。

大概就是她极短的清醒的时候:

"……你哭了吗?不怕,妈死不了!"

我垂下头去,扯住了衣襟,母亲也哭了,我也哭了。

而后我站到房后摆着花盆的木架旁边去。我从衣袋取出来母亲买给我的小洋刀。

"小洋刀丢了就从此没有了吧?"于是眼泪又来了。

花盆里的金百合映着我的眼睛,小洋刀的闪光映着我的眼睛。眼泪就再没有流落下来。然而那是热的,是发炎的。

但那是孩子的时候。

而今则不应该了。

鲁迅先生记

萧红

鲁迅先生家里的花瓶，好像画上所见的西洋女子用以取水的瓶子，灰蓝色，有点从瓷釉而自然堆起的纹痕，瓶口的两边，还有两个瓶耳，瓶里种的是几棵万年青。

我第一次看到这花的时候，我就问过：

"这叫什么名字？屋里不生火炉，也不冻死？"

第一次，走进鲁迅家里去，那是近黄昏的时节，而且是个冬天，所以那楼下室稍微有一点暗，同时鲁迅先生的纸烟，当它离开嘴边而停在桌角的地方，那烟纹的疮痕一直升腾到他有一些白丝的发梢那么高。而且再升腾就看不见了。

"这花，叫'万年青'，永久这样！"他在花瓶旁边的烟灰盒中，抖掉了纸烟上的灰烬，那红的烟火，就越红了，好像一朵小红花似的和他的袖口相距离着。

"这花不怕冻？"以后，我又问过，记不得是在什么时候了。

许先生说："不怕的，最耐久！"而且她还拿着瓶口给我摇着。

我还看到了那花瓶的底边是一些圆石子，以后，因为熟识了的缘故，我就自己动手看过一两次，又加上这花瓶是常常摆在客厅的黑色长桌上；又加上自己是来在寒带的北方，对于这在四季里都不凋零的植物，总带着一点惊奇。

而现在这"万年青"依旧活着，每次到许先生家去，看到那花，有时仍站在那黑色的长桌子上，有时站在鲁迅先生照相的前面。

花瓶是换了，用一个玻璃瓶装着，看得到淡黄色的须根，站在瓶底。

有时候许先生一面和我们谈论着，一面检查着房中所有的花草。看一看叶子是不是黄了？该剪掉的剪掉；该洒水的洒水，因为不停地动作是她的习惯。有时候就检查着这"万年青"，有时候就谈鲁迅先生，就在他的照相前面谈着，但那感觉，却像谈着古人那么悠远了。

至于那花瓶呢?站在墓地的青草上面去了,而且瓶底已经丢失,虽然丢失了也就让它空空地站在墓边。我所看到的是从春天一直站到秋天;它一直站到邻旁墓头的石榴树开了花而后结成了石榴。

从开炮以后,只有许先生绕道去过一次,别人就没有去过。当然那墓草是长得很高了,而且荒了,还说什么花瓶,恐怕鲁迅先生的瓷半身像也要被荒了的草埋没到他的胸口。

我们在这边,只能写纪念鲁迅先生的文章,而谁去努力剪齐墓上的荒草?我们是越去越远了,但无论多么远,那荒草是总要记在心上的。

星斗其文赤子其人

——怀念沈从文老师

汪曾祺

沈先生逝世后，傅汉斯、张充和从美国电传来一幅挽词。字是晋人小楷，一看就知道是张充和写的。词想必也是她拟的。只有四句：

不折不从亦慈亦让
星斗其文赤子其人

这是嵌字格，但是非常贴切，把沈先生的一生概括得很全面。这位四妹对三姐夫沈二哥真是非常了解。——荒芜同志编了一本《我所认识的沈从文》，写得最好的一篇，我以为也应该是张充和写的《三姐夫沈二哥》。

沈先生的血管里有少数民族的血液。他在填履历表时,"民族"一栏里填土家族或苗族都可以,可以由他自由选择。湘西有少数民族血统的人大都有一股蛮劲,狠劲,做什么都要做出一个名堂。黄永玉就是这样的人。沈先生瘦瘦小小(晚年发胖了),但是有用不完的精力。他小时是个顽童,爱游泳(他叫"游水")。进城后好像就不游了。三姐(师母张兆和)很想看他游一次泳,但是没有看到。我当然更没有看到过。他少年当兵,漂泊转徙,很少连续几晚睡在同一张床上。吃的东西,最好的不过是切成四方的大块猪肉(煮在豆芽菜汤里)。行军、拉船,锻炼出一副极富耐力的体魄。二十岁冒冒失失地闯到北平来,举目无亲。连标点符号都不会用,就想用手中一支笔打出一个天下。经常为弄不到一点东西"消化消化"而发愁。冬天屋里生不起火,用被子围起来,还是不停地写。我一九四六年到上海,因为找不到职业,情绪很坏,他写信把我大骂了一顿,说:"为了一时的困难,就这样哭哭啼啼的,甚至想到要自杀,真是没出息!你手中有一支笔,怕什么!"他在信里说了一些他刚到北京时的情形。——同时又叫三姐从苏州写了一封很长的信安慰我。他真的用一支笔打出了一个天下了。一个只读过小学的人，竟成了一个大作家，而且积累了那么多的学问，真是一个奇迹。

沈先生很爱用一个别人不常用的词："耐烦"。他说自己不是天才（他应当算是个天才），只是耐烦。他对别人的称赞，也常说"要算耐烦"。看见儿子小虎搞机床设计时，说"要算耐烦"。看见孙女小红做作业时，也说"要算耐烦"。他的"耐烦"，意思就是锲而不舍，不怕费劲。一个时期，沈先生每个月都要发表几篇小说，每年都要出几本书，被称为"多产作家"，但是写东西不是很快的，从来不是一挥而就。他年轻时常常日以继夜地写。他常流鼻血。血液凝聚力差，一流起来不易止住，很怕人。有时夜间写作，竟致晕倒，伏在自己的一摊鼻血里，第二天才被人发现。我就亲眼看到过他的带有鼻血痕迹的手稿。他后来还常流鼻血，不过不那么厉害了。他自己知道，并不惊慌。很奇怪，他连续感冒几天，一流鼻血，感冒就好了。他的作品看起来很轻松自如，若不经意，但都是苦心刻琢出来的。《边城》一共不到七万字，他告诉我，写了半年。他这篇小说是《国闻周报》上连载的，每期一章。小说共二十一章，

21×7=147，我算了算，差不多正是半年。这篇东西是他新婚之后写的，那时他住在达子营。巴金住在他那里。他们每天写，巴老在屋里写，沈先生搬个小桌子，在院子里树荫下写。巴老写了一个长篇，沈先生写了《边城》。他称他的小说为"习作"，并不完全是谦虚。有些小说是为了教创作课给学生示范而写的，因此试验了各种方法。为了教学生写对话，有的小说通篇都用对话组成，如《若墨医生》；有的，一句对话也没有。《月下小景》确是为了履行许给张家小五的诺言"写故事给你看"而写的。同时，当然是为了试验一下"讲故事"的方法（这一组"故事"明显地看得出受了《十日谈》和《一千零一夜》的影响）。同时，也为了试验一下把六朝译经和口语结合的文体。这种试验，后来形成一种他自己说是"文白夹杂"的独特的沈从文体，在四十年代的文字（如《烛虚》）中尤为成熟。他的亲戚，语言学家周有光曾说"你的语言是古英语"，甚至是拉丁文。沈先生讲创作，不大爱说"结构"，他说是"组织"。我也比较喜欢"组织"这个词。"结构"过于理智，"组织"更带感情，较多作者的主观。他曾把一篇小说一条一条地裁开，用不同方法组织，看看哪一种形式更为合适。沈先生爱改自己的文章。他的原稿，一改再改，天头地脚页边，都是修改的字迹，蜘蛛网似的，这里牵出一条，那里牵出一条。作品发表了，改。成书了，改。看到自己的文章，总要改。有时改了多次，反而不如原来的，以致三姐后来不许他改了（三姐是沈先生文集的一个极其细心，极其认真的义务责任编辑）。沈先生的作品写得最快，最顺畅，改得最少的，只有一本《从文自传》。这本自传没有经过冥思苦想，只用了三个星期，一气呵成。

他不大用稿纸写作。在昆明写东西，是用毛笔写在当地出产的竹纸上的，自己折出印子。他也用钢笔，蘸水钢笔。他抓钢笔的手势有点像抓毛笔（这一点可以证明他不是洋学堂出身）。《长河》就是用钢笔写的，写在一个硬面的练习簿上，直行，两面写。他的原稿的字很清楚，不潦草，但写的是行书。不熟悉他的字体的排字工人是会感到困难的。他晚年写信写文章爱用秃笔淡墨。用秃笔写那样小的字，不但清楚，而且顿挫有致，真是一个功夫。

他很爱他的家乡。他的《湘西》《湘行散记》和许多篇小说可以作证。他不止一次和我谈起棉花坡，谈起枫树坳，——一到秋天满城落了枫树的红叶。一说起来，不胜神往。黄永玉画过一张凤凰沈家门外的小巷,屋顶墙壁颇零乱,有大朵大朵的红花——不知是不是夹竹桃,画面颜色很浓,水气泱泱。沈先生很喜欢这张画,说:"就是这样!"八十岁那年,和三姐一同回了一次凤凰,领着她看了他小说中所写的各处,都还没有大变样。家乡人闻知沈从文回来了,简直不知怎样招待才好。他说:"他们为我捉了一只锦鸡!"锦鸡毛羽很好看,他很爱那只锦鸡,还抱着它照了一张相,后来知道竟做了他的盘中餐,对三姐说:"真煞风景!"锦鸡肉并不怎么好吃。沈先生说及时大笑,但也表现出对乡人的殷勤十分感激。他在家乡听了傩戏,这是一种古调犹存的很老的弋阳腔。打鼓的是一位七十多岁的老人,他对年轻人打鼓失去旧范很不以为然。沈先生听了,说:"这是楚声,楚声!"他动情地听着"楚声",泪流满面。

沈先生八十岁生日,我曾写了一首诗送他,开头两句是:

犹及回乡听楚声,
此身虽在总堪惊。

端木蕻良看到这首诗，认为"犹及"二字很好。我写下来的时候就有点觉得这不大吉利，没想到沈先生再也不能回家乡听一次了！他的家乡每年有人来看他，沈先生非常亲切地和他们谈话，一坐半天。每当同乡人来了，原来在座的朋友或学生就只有退避在一边，听他们谈话。沈先生很好客，朋友很多。老一辈的有林宰平、徐志摩。沈先生提及他们时充满感情。没有他们的提掖，沈先生也许就会当了警察，或者在马路旁边"瘪了"。我认识他后，他经常来往的有杨振声、张奚若、金岳霖、朱光潜诸先生、梁思成林徽因夫妇。他们的交往真是君子之交，既无朋党色彩，也无酒食征逐。清茶一杯，闲谈片刻。杨先生有一次托沈先生带信，让我到南锣鼓巷他的住处去，我以为有什么事。去了，只是他亲自给我煮一杯咖啡，让我看一本他收藏的姚茫父的册页。这册页的心子只有火柴盒那样大，横的，是山水，用极富金石味的墨线勾轮廓，设极重的青绿，真是妙品。杨先生对待我这个初露头角的学生如此，则其接待沈先生的情形可知。杨先生和沈先生夫妇曾在颐和园住过一个时期，想来也不过是清晨或黄昏到后山谐趣园一带走走，看看湖里的金丝莲，或写出一张得意的字来，互相欣赏欣赏，其余时间各自在屋里读书做事，如此而已。沈先生对青年的帮助真是不遗余力。他曾经自己出钱为一个诗人出了第一本诗集。一九四七年，诗人柯原的父亲故去，家中拉了一笔债，沈先生提出卖字来帮助他。《益世报》登出了沈从文卖字的启事，买字的可定出规格，而将价款直接寄给诗人。柯原一九八〇年去看沈先生，沈先生才记起有这回事。他对学生的作品细心修改，寄给相熟的报刊，尽量争取发表。他这辈子为学生寄稿的邮费，加起来是一个相当可观的数字。抗战时期，通货膨胀，邮费也不断涨，往往寄一封信，信封正面反面都得贴满邮票。为了省一点邮费，沈先生总是把稿纸的天头地脚页边都裁去，只留一个稿心，这样分量轻一点。稿子发表了，稿费寄来，他必为亲自送去。李霖灿在丽江画玉龙雪山，他的画都是寄到昆明，由沈先生代为出手的。我在昆明写的稿子，几乎无一篇不是他寄出去的。一九四六年，郑振铎、李健吾先生在上海创办《文艺复兴》，沈先生把我的《小学校的钟声》和《复仇》寄去。这两篇稿子写出已经有几年，当时无地方可发表。稿子是用毛笔楷书写在学生作文的绿格本上的，郑先生收到，发现稿纸上已经叫蠹虫蛀了好些洞，使他大为激动。沈先生对我这个学生是很喜欢的。为了躲避日本飞机空袭，他们全家有一阵住在呈贡新街后迁跑马山桃源新村。沈先生有课时进城住两三天。他进城时，我都去看他。交稿子，看他收藏的宝贝，借书。沈先生的书是为了自己看，也为了借给别人看的。"借书一痴，还书一痴"，借书的痴子不少，还书的痴子可不多。有些书借出去一去无踪。有一次，晚上，我喝得烂醉，坐在路边，沈先生到一处演讲回来，以为是一个难民，生了病，走近看看，是我！他和两个同学把我扶到他住处，灌了好些酽茶，我才醒过来。有一回我去看他，牙疼，腮帮子肿得老高。沈先生开了门，一看，一句话没说，出去买了几个大橘子抱着回来了。沈先生的家庭是我见到的最好的家庭，随时都在亲切和谐气氛中。两个儿子，小龙小虎，兄弟怡怡。他们都很高尚清白，无丝毫庸俗习气，无一句粗鄙言语，——他们都很幽默，但幽默得很温雅。一家人于钱上都看得很淡。《沈从文文集》的稿费寄到，九千多元，大概开过家庭会议，又从存款中取出几百元，凑成一万，寄到家乡办学。沈先生也有生气的时候，也有极度烦恼痛苦的时候，在昆明、在北京，我都见到过，但多数时候都是笑眯眯的。他总是用一种善意的、含情的微笑，来看这个世界的一切。到了晚年，喜欢放声大笑，笑得合不拢嘴，且摆动双手作势，真像一个孩子。只有看破一切人事乘除，得失荣辱，全置度外，心地明净无渣滓的人，才能这样畅快地大笑。

沈先生五十年代后放下写小说散文的笔（偶然还写一点，笔下仍极活泼，如写纪念陈翔鹤文章，实写得极好），改业钻研文物，而且钻出了很大的名堂，不少中国人、外国人都很奇怪。实不奇怪。沈先生很早就对历史文物有很大兴趣。他写的关于展子虔游春图的文章，我以为是一篇重要文章，从人物服装颜色式样考订图画的年代和真伪，是别的鉴赏家所未注意的方法。他关于书法的文章，特别是对宋四家的看法，很有见地。在昆明，我陪他去遛街，总要看看市招，到裱画店看看字画。昆明市政府对面有一堵大照壁，写满了一壁字（内容已不记得，大概不外是总理遗训），字有七八寸见方大，用二爨掺一点北魏造像题记笔意，白墙蓝字，是一位无名书家写的，写得实在好。我们每次经过，都要去看看。昆明有一位书法家叫吴忠荩，字写得极多，很多人家都有他的字，家家裱画店都有他的刚刚裱好的字。字写得很熟练，行书，只是用笔枯扁，结体少变化。沈先生还去看过他，说"这位老先生写了一辈子字！"意思颇为他水平受到限制而惋惜。昆明碰碰撞撞都可见到黑漆金字抱柱楹联上钱南园的四方大颜字，也还值得一看。沈先生到北京后即喜欢搜集瓷器。有一个时期，他家用的餐具都是很名贵的旧瓷器，只是不配套，因为是一件一件买回来的。他一度专门搜集青花瓷。买到手，过一阵就送人。西南联大好几位助教、研究生结婚时都收到沈先生送的雍正青花的茶杯或酒杯。沈先生对陶瓷赏鉴极精，一眼就知是什么朝代的。一个朋友送我一个梨皮色釉的粗瓷盒子，我拿去给他看，他说："元朝东西，民间窑！"有一阵搜集旧纸，大都是乾隆以前的。多是染过色的，瓷青的、豆绿的、水红的，触手细腻到像煮熟的鸡蛋白外的薄皮，真是美极了。至于茧纸、高丽发笺，那是凡品了（他搜集旧纸，但自己舍不得用来写字。晚年写字用糊窗户的高丽纸，他说："我的字值三分钱。"）。

　　在昆明，搜集了一阵耿马漆盒。这种漆盒昆明的地摊上很容易买到，且不贵。沈先生搜集器物的原则是"人弃我取"。其实这种竹胎的，涂红黑两色漆，刮出极繁复而奇异的花纹的圆盒是很美的。装点心、装花生米、装邮票杂物均合适，放在桌上也是个摆设。这种漆盒也都陆续送人了。客人来，坐一阵，临走时大都能带走一个漆盒。有一阵研究中国丝绸，弄到许多大藏经的封面，各种颜色都有：宝蓝的、茶褐的、肉色的，花纹也是各式各样。沈先生后来写了一本《中国丝绸图案》。有一阵研究刺绣。除了衣服、裙子，弄了好多扇套、眼镜盒、香袋。不知他是从哪里"寻摸"来的。这些绣品的针法真是多种多样。我只记得有一种绣法叫"打子"，是用一个一个丝线疙瘩缀出来的。他给我看一种绣品，叫"七色晕"，用七种颜色的绒绣成一个团花，看了真叫人发晕。他搜集、研究这些东西，不是为了消遣，是从中发现、证实中国历史文化的优越这个角度出发的，研究时充满感情。我在他八十岁生日写给他的诗里有一联：

玩物从来非丧志，

著书老去为抒情。

这全是纪实。沈先生提及某种文物时常是赞叹不已。马王堆那副不到一两重的纱衣，他不知说了多少次。刺绣用的金线原来是盲人用一把刀，全凭手感，就金箔上切割出来的。他说起时非常感动。有一个木俑（大概是楚俑）一尺多高，衣服非常特别；上衣的一半（连同袖子）是黑色，一半是红的；下裳正好相反，一半是红的，一半是黑的。沈先生说："这真是现代派！"如果照这样式（一点不用修改）做一件时装，拿到巴黎去，由一个长身细腰的模特儿穿起来，到表演台上转那么一转，准能把全巴黎都"镇"了！他平生搜集的文物，在他生前全都分别捐给了几个博物馆、工艺美术院校和工艺美术工厂，连收条都不要一个。

  沈先生自奉甚薄。穿衣服从不讲究。他在《湘行散记》里说他穿了一件细毛料的长衫，这件长衫我可没见过。我见他时总是一件洗得褪了色的蓝布长衫，夹着一摞书，匆匆忙忙地走。新中国成立后是蓝卡其布或涤卡的干部服，黑灯芯绒的"懒汉鞋"。有一年做了一件皮大衣（我记得是从房东手里买的一件旧皮袍改制的，灰色粗线呢面），他穿在身上，说是很暖和，高兴得像一个孩子。吃得很清淡。我没见他下过一次馆子。在昆明，我到文林街二十号他的宿舍去看他，到吃饭时总是到对面米线铺吃一碗一角三分钱的米线。有时加一个西红柿，打一个鸡蛋，超不过两角五分。三姐是会做菜的，会做八宝糯米鸭，炖在一个大砂锅里，但不常做。他们住在中老胡同时，有时张充和骑自行车到前门月盛斋买一包烧羊肉回来，就算加了菜了。在小羊宜宾胡同时，常吃的不外是炒四川的菜头，炒慈姑。沈先生爱吃慈姑，说"这个好，比土豆'格'高"。他在《自传》中说他很会炖狗肉，我在昆明、在北京都没见他炖过一次。有一次他到他的助手王亚蓉家去，先来看看我（王亚蓉住在我们家马路对面——他七十多了，血压高到二百多，还常为了一点研究资料上的小事到处跑），我让他过一会来吃饭。他带来一卷画，是古代马戏图的摹本，实在是很精彩。他非常得意地问我的女儿："精彩吧？"那天我给他做了一只烧羊腿，一条鱼。他回家一再向三姐称道："真好吃。"他经常吃的荤菜是：猪头肉。

他的丧事十分简单。他凡事不喜张扬，最反对搞个人的纪念活动。反对"办生做寿"。他生前累次嘱咐家人，他死后，不开追悼会，不举行遗体告别。但火化之前，总要有一点仪式。新华社消息的标题是"沈从文告别亲友和读者"，是合适的。只通知少数亲友。——有一些景仰他的人是未接通知自己去的。不收花圈，只有约二十多个布满鲜花的花篮，很大的白色的百合花、康乃馨、菊花、菖兰。参加仪式的人也不戴纸制的白花，但每人发给一枝半开的月季，行礼后放在遗体边。不放哀乐，放沈先生生前喜爱的音乐，如贝多芬的《悲怆奏鸣曲》等。沈先生面色如生，很安详地躺着。我走近他身边，看着他，久久不能离开。这样一个人，就这样地去了。我看他一眼，又看一眼，我哭了。

沈先生家有一盆虎耳草，种在一个椭圆形的小小钧窑盆里。很多人不认识这种草。这就是《边城》里翠翠在梦里采摘的那种草，沈先生喜欢的草。

消逝的钟声

史铁生

站在台阶上张望那条小街的时候,我大约两岁多。

我记事早。我记事早的一个标记,是斯大林的死。有一天父亲把一个黑色镜框挂在墙上,奶奶抱着我走近看,说:斯大林死了。镜框中是一个陌生的老头儿,突出的特点是胡子都集中在上唇。在奶奶的涿州口音中,"斯"读三声。我心想,既如此还有什么好说,这个"大林"当然是死的呀?我不断重复奶奶的话,把"斯"读成三声,觉得有趣,觉得别人竟然都没有发现这一点可真是奇怪。多年以后我才知道,那是一九五三年,那年我两岁。

终于有一天奶奶领我走下台阶,走向小街的东端。我一直猜想那儿就是地的尽头,世界将在那儿陷落、消失——因为太阳从那儿爬上来的时候,它的背后好像什么也没有。谁料,那儿更像是一个喧闹的世界的开端。那儿交叉着另一条小街,那街上有酒馆,有杂货铺,有油坊、粮店和小吃摊;因为有小吃摊,那儿成为我多年之中最向往的去处。那儿还有从城外走来的骆驼队。"什么呀,奶奶?""啊,骆驼。""干吗呢,它们?""驮煤。""驮到哪儿去呀?""驮进城里。"驼铃一路丁零当啷丁零当啷地响,骆驼的大脚蹬起尘土,昂首挺胸目空一切,七八头骆驼不紧不慢招摇过市,行人和车马都给它让路。我望着骆驼来的方向问:"那儿是哪儿?"奶奶说:"再往北就出城啦。""出城了是哪儿呀?""是城外。""城外什么样儿?""行了,别问啦!"我很想去看看城外,可奶奶领我朝另一个方向走。我说"不,我想去城外",我说"奶奶我想去城外看看",我不走了,蹲在地上不起来。奶奶拉起我往前走,我就哭。"带你去个更好玩儿的地方不好吗?那儿有好些小朋友……"我不听,一路哭。

越走越有些荒疏了,房屋零乱,住户也渐渐稀少。沿一道灰色的砖墙走了好一会儿,进了一个大门。啊,大门里豁然开朗完全是另一番景象:大片大片寂静的树林,碎石小路蜿蜒其间。满地的败叶在风中滚动，踩上去吱吱作响。麻雀和灰喜鹊在林中草地上蹦蹦跳跳，坦然觅食。我止住哭声。我平生第一次看见了教堂，细密如烟的树枝后面，夕阳正染红了它的尖顶。

我跟着奶奶进了一座拱门，穿过长廊，走进一间宽大的房子。那儿有很多孩子，他们坐在高大的桌子后面只能露出脸。他们在唱歌。一个穿长袍的大胡子老头儿弹响风琴，琴声飘荡，满屋子里的阳光好像也随之飞扬起来。奶奶拉着我退出去，退到门口。唱歌的孩子里面有我的堂兄，他看见了我们但不走过来，惟努力地唱歌。那样的琴声和歌声我从未听过，宁静又欢欣，一排排古旧的桌椅、沉暗的墙壁、高阔的屋顶也似都活泼起来，与窗外的晴空和树林连成一气。那一刻的感受我终生难忘，仿佛有一股温柔又强劲的风吹透了我的身体，一下子钻进我的心中。后来奶奶常对别人说："琴声一响，这孩子就傻了似的不哭也不闹了。"我多么羡慕我的堂兄，羡慕所有那些孩子，羡慕那一刻的光线与声音，有形与无形。我呆呆地站着，徒然地睁大眼睛，其实不能听也不能看了，有个懵懂的东西第一次被惊动了——那也许就是灵魂吧。后来的事都记不大清了，好像那个大胡子的老头儿走过来摸了摸我的头，然后光线就暗下去，屋子里的孩子都没有了，再后来我和奶奶又走在那片树林里了，还有我的堂兄。堂兄把一个纸袋撕开，掏出一个彩蛋和几颗糖果，说是幼儿园给的圣诞礼物。

这时候，晚祷的钟声敲响了——唔，就是这声音，就是它！这就是我曾听到过的那种缥缥缈缈响在天空里的声音啊！

"它在哪儿呀，奶奶？"

"什么，你说什么？"

"这声音啊，奶奶，这声音我听见过。"

"钟声吗？啊，就在那钟楼的尖顶下面。"

这时我才知道，我一来到世上就听到的那种声音就是这教堂的钟声，就是从那尖顶下发出的。暮色浓重了，钟楼的尖顶上已经没有了阳光。风过树林，带走了麻雀和灰喜鹊的欢叫。钟声沉稳、悠扬、飘飘荡荡，连接起晚霞与初月，扩展到天的深处或地的尽头……

不知奶奶那天为什么要带我到那儿去，以及后来为什么再也没去过。

不知何时，天空中的钟声已经停止，并且在这块土地上长久地消逝了。

多年以后我才知道，那教堂和幼儿园在我们去过之后不久便都拆除。我想，奶奶当年带我到那儿去，必是想在那幼儿园也给我报个名，但未如愿。

再次听见那样的钟声是在四十年以后了。那年，我和妻子坐了八九个小时飞机，到了地球另一面，到了一座美丽的城市，一走进那座城市我就听见了它。在清洁的空气里，在透澈的阳光中和涌动的海浪上面，在安静的小街，在那座城市的所有地方，随时都听见它在自由地飘荡。我和妻子在那钟声中慢慢地走，认真地听它，我好像一下子回到了童年，整个世界都好像回到了童年。对于故乡，我忽然有了新的理解：人的故乡，并不止于一块特定的土地，而是一种辽阔无比的心情，不受空间和时间的限制；这心情一经唤起，就是你已经回到了故乡。